Pour tous mes amis à poils, à plumes, à nageoires et à écailles, auxquels je dois tant.

G. N.

Pour Skipper et Jumpy, les grenouilles qui me rendent visite. Pour Amélia, leur propriétaire, et son frère jumeau, Orlando.

S. W.

Catalogage avant publication de Bibliothèque et Archives Canada

Nix, Garth
[Blood ties. Français]
Prisonniers / Garth Nix, Sean Williams ; texte français de Marie Leymarie.

(Animal totem ; 3)
Traduction de : Blood ties.
ISBN 978-1-4431-4576-3 (couverture souple)
I. Williams, Sean, 1967-, auteur II. Titre. III. Titre: Blood ties. Français.

PZ23.N57Pr 2015   j823'.914   C2015-903272-5

Édition publiée par les Éditions Scholastic, 604, rue King Ouest, Toronto (Ontario) M5V 1E1

6 5 4 3 2   Imprimé en Italie CP126   16 17 18 19 20

SEAN WILLIAMS et GARTH NIX

PRISONNIERS

Traduit de l'anglais (États-Unis)
par Marie Leymarie

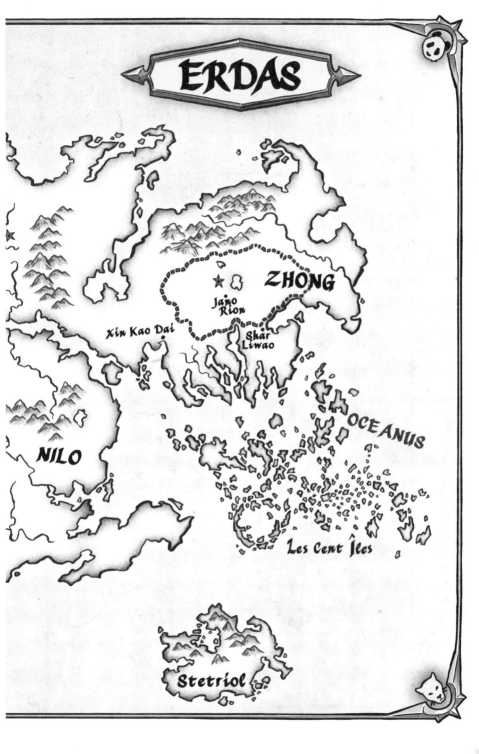

Le Grand Labyrinthe
de Bambous

L es bambous montaient si haut qu'ils masquaient les rayons du soleil et plongeaient dans l'ombre les étroites allées du Grand Labyrinthe de Bambous.

Arrivée à une intersection, Meilin s'arrêta et regarda autour d'elle, découragée. Elle refusait d'admettre qu'elle s'était trompée quelques

kilomètres plus haut et qu'elle était irrémédiablement perdue.

Passer par le labyrinthe pour rejoindre le Zhong lui avait pourtant paru une excellente idée. La forêt de bambous avait été plantée pour protéger les frontières là où le Mur s'interrompait. Seuls un petit nombre de messagers triés sur le volet et de hauts fonctionnaires connaissaient le chemin à travers les kilomètres et les kilomètres de bambous, qui atteignaient parfois jusqu'à dix mètres de hauteur. Le père de Meilin, le général Teng, faisait naturellement partie de ces rares initiés et il avait transmis à sa fille les instructions à partir de l'entrée nord.

– Tu prends à gauche dix fois de suite, murmura Meilin, puis dix fois à droite, et ensuite à gauche, à droite, quatre fois à gauche et trois fois à droite.

Mais elle avait eu beau suivre scrupuleusement les consignes, elle ne s'était pas retrouvée de l'autre côté. Le problème, c'est qu'elle avait cru qu'une journée de marche suffirait et elle n'avait emporté qu'une gourde en peau remplie d'eau et deux gâteaux de riz.

Or, c'était déjà le matin du troisième jour. Sa gourde était vide et les gâteaux n'étaient plus que de lointains souvenirs. Cette nouvelle épreuve venait au terme d'un long périple en bateau et en caravane. Souvent clandestine, elle avait voyagé dans des caisses poussiéreuses et des cales infestées de rats. Seul le maigre espoir de rejoindre son père vivant lui permettait de tenir encore debout.

De colère, Meilin frappa un bambou avec sa canne de combat. La tige de dix centimètres de diamètre se rompit et le bambou tomba au milieu des autres, où il disparut. Sa révolte n'avait servi à rien. C'étaient toujours les mêmes murs immenses de bambous, le même sentier étroit, le même soleil dans le ciel bleu. Un profond sentiment d'impuissance s'empara d'elle.

Pour la première fois, elle songea qu'elle ne sortirait peut-être jamais du labyrinthe. Que la fille du général Teng meure de soif dans une forêt de bambous était tout simplement inacceptable !

Une démangeaison à l'avant-bras la détourna de ses pensées. Elle releva sa manche et observa le panda endormi tatoué sur sa peau. Depuis qu'elle était entrée dans le Grand Labyrinthe, elle avait gardé son animal totem, Jhi, à l'état passif, par crainte qu'il ne la ralentisse. Mais c'était maintenant le cadet de ses soucis.

– Allez, sors! ordonna-t-elle. Rends-toi utile!

Dans un éclair de lumière, Jhi surgit si près qu'elle la bouscula. Meilin se cogna contre les bambous.

– Hé, fais attention!

Elle sentit alors quelque chose effleurer son visage. Relevant la tête, elle vit de délicates fleurs blanches qui virevoltaient depuis la cime des bambous, comme de minuscules flocons de neige.

Des fleurs de bambous.

Meilin n'en avait encore jamais vu. Elle savait que la plante ne fleurissait qu'une fois, au bout de cinquante, soixante, voire cent ans, puis mourait.

– Le labyrinthe se meurt, chuchota-t-elle en levant les yeux vers le haut des tiges.

Tous les bambous qui l'entouraient étaient en fleur. D'ici une à deux semaines, ils allaient sécher, se craqueler et tomber. Mais auparavant, le sol se couvrirait de pétales et de graines, qui attireraient des hordes de rats et autres rongeurs...

Les Conquérants avaient déjà envahi son pays en franchissant le Mur, et maintenant le labyrinthe allait disparaître lui aussi. Le Zhong serait plus vulnérable que jamais. Et si le Dévoreur était à l'origine de cette floraison soudaine ?

Jhi s'assit lourdement et essaya d'attirer Meilin à côté d'elle.

– Je n'ai pas le temps ! protesta la jeune fille. Je dois trouver la sortie !

Elle repoussa la patte du panda et s'engagea résolument dans le sentier de gauche, puis elle hésita, rebroussa chemin et s'avança dans le passage de droite. Jhi fit entendre une sorte de reniflement.

– Tu ris ? Mais il n'y a rien de drôle ! Je suis perdue. Je n'ai ni à manger ni à boire. Je vais peut-être mourir !

Jhi tapota le sol à côté d'elle. C'était un geste très humain, qui rappela son père à Meilin. Que n'aurait-elle pas donné pour le voir, à cet instant précis !

– Ce n'est pas le moment de s'asseoir ! s'impatienta-t-elle. Allez, viens !

Qu'elle prenne à droite ou à gauche n'avait finalement aucune importance, l'essentiel était d'aller

vite. Elle devait sortir du labyrinthe avant de mourir de faim et de soif.

Elle partit à petites foulées, mue par l'espoir de déboucher enfin sur les prairies vertes du Zhong.

Jhi renifla en signe de protestation, mais Meilin n'y prêta pas attention. Une fois de plus, son animal totem se révélait encombrant et inutile. Si seulement Essix était là ! Le faucon aurait pu survoler le labyrinthe et lui indiquer la sortie.

— Même dans une forêt de bambous, elle ne me sert à rien..., maugréa Meilin.

Au bout de cinquante mètres, elle arriva à un nouveau carrefour, d'où partaient trois chemins identiques.

Elle s'arrêta et se retourna. Jhi suivait. Lentement. Meilin la vit alors ployer une tige de bambou, qui cassa et tomba tout près d'elle, la saupoudrant à nouveau de fleurs. Puis le panda la rejoignit d'un pas nonchalant et enfourna de grosses quantités de feuilles et de fleurs dans sa gueule.

Meilin sentit à son tour la faim lui tordre le ventre. Elle aurait salivé si sa bouche n'était pas si sèche. Elle avait essayé de manger du bambou le deuxième jour, mais ça lui avait donné des crampes d'estomac qui n'avaient fait qu'exacerber sa faim.

– Il doit bien y avoir une sortie, chuchota-t-elle. Elle regarda frénétiquement autour d'elle. Rien ne distinguait un chemin d'un autre. La dernière fois, elle avait pris à droite. Elle irait donc à gauche. Elle allait alterner : droite, gauche, droite... Elle arriverait bien quelque part !

– Allez..., dit-elle à Jhi.

Meilin ne courut pas, elle n'en avait plus la force. Mais elle avança d'un pas rapide, essayant désespérément d'oublier sa faim, sa gorge irritée, la chaleur et l'humidité.

– Je vais y arriver, chuchota-t-elle. Je vais rejoindre le Zhong. Je vais combattre le Dévoreur et nos ennemis.

Mais une petite voix, dans un coin de sa tête, répétait inlassablement : « Je vais mourir. Je suis perdue et je vais mourir. »

Un message
venu de la mer

Conor se tenait recroquevillé dans le coqueron avant de *L'Orgueil de Tellun*, fleuron de la flotte des Capes-Vertes. Il se faisait arroser à chaque nouvelle vague, mais il avait besoin d'être seul pour laisser libre cours à son chagrin. Et puis, qu'étaient quelques gouttes d'eau au regard de ce qu'il avait commis ? Il avait remis

à leurs ennemis le talisman de Rumfuss, le Sanglier de Fer. Même s'il savait qu'il n'avait pas eu le choix et qu'il ne pouvait faire autrement que de sauver sa famille, il se sentait honteux et misérable.

Une fois de plus, il se demanda s'il n'y avait pas eu une sorte d'erreur cosmique. N'était-il pas né pour être berger? Jamais il n'aurait dû devenir un Cape-Verte, et encore moins invoquer une Bête Suprême comme animal totem. Il n'avait pas l'étoffe d'un héros, et l'Erdas avait besoin de vrais héros pour vaincre le Dévoreur.

Des dents pointues effleurèrent sa nuque. Il savait que c'était Briggan, qui le tirait par le col pour le sortir de sa cachette comme un louveteau égaré.

– Je viens, je viens..., protesta-t-il dans un soupir.

Le loup le lâcha et recula sur le pont.

– Qu'est-ce que tu veux? demanda Conor.

Briggan se retourna et avança jusqu'à l'échelle qui menait du gaillard d'avant au pont principal, puis il posa sur son maître un regard perçant.

Conor aperçut Tarik, Rollan et Abéké qui se tenaient face à face derrière le grand mât, dans un demi-cercle où manquaient deux absents. Lui, Conor – c'était la raison pour laquelle Briggan était venu le chercher. Et Meilin, qui ne serait jamais partie seule au Zhong si Conor n'avait pas cédé le talisman au comte de Trunswick réduisant à néant tous leurs efforts.

Il prit le temps d'observer ses amis. Tarik, le plus âgé, était un Cape-Verte expérimenté. C'était leur mentor et leur guide. À ses côtés se tenait Rollan, l'ancien gamin des rues à la repartie facile et au sourire nonchalant. Il n'avait pas l'air de prêter attention à ce que disait Tarik, contrairement à Abéké, une fille sérieuse, consciencieuse, qui aimait faire les choses «comme il faut». Pourtant, c'était celle qui s'était montrée la moins dure quand ils avaient découvert la trahison de Conor. Peut-être son calme venait-il de son passé de chasseuse. Ses longues heures de traque avaient dû lui apprendre la patience.

– Ah, Conor! Viens nous rejoindre! appela Tarik. On s'exerce à monter sur le mât grâce au Bélier de Granit. Essaie en premier.

– Je croyais que c'était le tour d'Abéké, protesta Rollan, jetant à Conor un regard de mépris à peine voilé.

Conor tressaillit. Rollan était autrefois son ami. Mais le départ de Meilin avait changé la donne.

– Oui, c'est à Abéké, confirma-t-il. Elle saute bien mieux que moi, de toute façon.

– C'est pour ça qu'on s'entraîne, rétorqua Tarik d'une voix patiente. Vous allez avoir besoin de toutes vos capacités pour trouver le prochain talisman.

– On ne sait même pas où chercher ! s'exclama Abéké.

– Et puis ça ne sert à rien, renchérit Rollan, puisque Conor va le donner aux Conquérants...

– Ça suffit avec ça ! s'énerva Tarik.

– Je suis désolé, dit Conor, accablé de voir Rollan fuir son regard. Vous le savez bien !... Mais ma famille...

– Vous et vos familles, marmonna Rollan. Pour un peu, je serais content d'être orphelin...

– Ceux qu'on aime sont notre force mais aussi notre faiblesse, déclara Abéké. Quand leur vie est en jeu, il est difficile de garder la tête froide.

Cette concession surprit les deux garçons autant l'un que l'autre.

– Alors maintenant, tu prends sa défense ? s'insurgea Rollan.

– Je dis seulement qu'on peut faire un effort pour le comprendre, rétorqua-t-elle en lui jetant un regard furieux. Tout le monde est en danger tant que les Conquérants ne sont pas vaincus. Ma famille aussi.

C'était clairement un reproche, et Conor savait qu'il l'avait mérité. Il voulut caresser Briggan pour se réconforter, mais ses doigts ne rencontrèrent que le vide. Le loup s'était déplacé. Était-ce à cause du tangage ? Conor eut l'impression que même son animal totem prenait ses distances avec lui.

– Tu as raison, Abéké, dit Tarik, d'une voix calme mais ferme. D'où l'importance de bien s'entraîner. Tiens, le talisman. Voyons combien de temps il te faut pour atteindre la grande hune...

– Avec l'aide d'Uraza ?

La panthère, qui n'aimait pas beaucoup la mer, se trouvait à l'état passif sur son avant-bras.

– Non, répondit Tarik, pas cette fois. Voyons ce que ça donne avec la seule puissance du talisman.

Abéké hocha la tête. Conor leva les yeux vers le mât, inquiet. La grande hune était une petite plateforme située à trois mètres seulement du haut du mât, lequel mesurait bien vingt-cinq mètres. On pouvait y accéder par des échelles de corde, mais l'exercice consistait à sauter jusqu'à l'espar – la barre de traverse – à dix mètres du sol. Le roulis du navire renforçait la difficulté.

Conor espéra qu'en cas de chute, Abéké aurait le réflexe de viser la mer. Mieux valait tomber dans l'eau que s'écraser sur le pont, à moins, bien sûr, d'atterrir sur l'une des baleines à dos rocheux qui tiraient le navire.

– Concentre-toi, lui dit Tarik. Focalise-toi sur le pouvoir du talisman. Vise un point précis sur la barre et cherche tout de suite à quoi te raccrocher.

Abéké étira ses épaules, puis ses mollets. Uraza, capable de changer de direction en plein air, était d'une dextérité étonnante. Conor se demandait comment Abéké allait s'en sortir sans elle.

– Vas-y ! ordonna Tarik lorsque le navire fut dans le creux de la vague.

Abéké sauta. Le formidable pouvoir du talisman la propulsa dans les airs à une vitesse vertigineuse. Elle monta comme une flèche, selon une trajectoire parfaite. Puis Conor commença à s'inquiéter. Elle allait trop vite. Elle allait monter trop haut et dépasser la première barre. Elle allait même dépasser la pointe du mât, rater toutes les cordes, toutes les barres, et retomber en vrille de l'autre côté !

Conor poussa un cri en la voyant ramener désespérément les genoux sur sa poitrine et faire un saut périlleux pour ralentir. Puis, alors qu'elle arrivait tout en haut, elle attrapa la drisse, une cordelette qui servait à hisser l'étendard des Capes-Vertes. Conor ferma les yeux, certain que la cordelette ne résisterait pas.

Mais elle résista. Abéké tournoya autour du mât. Ses tibias heurtèrent une barre de traverse, ses mains glissèrent sur un bon mètre, puis son corps se balança dans l'autre sens. Elle faillit s'assommer contre la même barre. Mais, grâce à un saut périlleux – inélégant mais efficace –, elle ne se cogna que les pieds. Quand elle eut enfin réussi à se stabiliser, elle redescendit prudemment jusqu'à la grande hune. De là, elle jeta un regard vingt mètres plus bas et les salua de la main. Conor lui adressa un signe en retour.

– Ce talisman est vraiment puissant, dit Rollan.

– Il renforce les dons naturels d'Abéké, expliqua Tarik d'un air approbateur.

– J'imagine. On voit mal quelle aide un loup pourrait apporter là-haut, hein, Conor ?

Le garçon était en train de se demander si c'était une plaisanterie quand Essix, perchée sur l'un des étais qui soutenaient le grand mât, s'élança soudain dans le ciel en poussant un grand cri.

– Elle a vu quelque chose ? s'enquit Conor.

Rollan tendit le doigt vers l'horizon.

– Là. Un oiseau.

Tarik porta la main à ses yeux.

– Je ne vois rien...

– Si, un petit oiseau noir et blanc, qui vole bas, insista Rollan. On dirait qu'il court sur les vagues... Je ne peux pas croire qu'Essix ait encore faim ! Je l'ai nourrie ce matin !

– C'est un pétrel-tempête, annonça Tarik. Un oiseau voyageur, comme les pigeons d'Eura. Ça doit être un message d'Olvan ou de Lenori. Un bruit sourd les fit tous retourner. Abéké, accroupie, une main au sol, venait d'atterrir.

– J'ai sauté depuis la dernière barre! s'écriat-elle, tout excitée. Je savais que je pouvais le faire! Le talisman a freiné ma chute, comme une plume est portée par le vent. À qui le tour, maintenant?

– On va faire une pause, décréta Tarik. On a un message.

– J'ai déjà entendu parler des pétrels-tempêtes, dit Rollan, les sourcils froncés. Est-ce qu'ils ne portent pas malheur?

Conor, qui plissait en vain les yeux, finit par apercevoir un petit oiseau, qui sembla rebondir sur une vague, se posa sur la rambarde, puis vola doucement jusqu'à la main de Tarik, tandis qu'Essix atterrissait sur l'épaule de Rollan. Les yeux couleur d'ambre du faucon fixèrent les yeux noirs fureteurs du pétrel.

Tarik décrocha avec délicatesse une minuscule capsule en bronze de la patte de l'oiseau, puis il leva le bras. Le pétrel piailla et repartit vers l'immensité bleue.

– C'est tout petit! s'exclama Conor. Il y a vraiment un message là-dedans?

Tarik acquiesça et ouvrit la capsule. À l'intérieur se trouvait un rouleau pas plus grand que l'ongle de son auriculaire.

– C'est du papier pelure, expliqua-t-il en déroulant une bande d'une longueur inattendue.

– Est-ce qu'il est question de Meilin? s'enquit Conor, anxieux.

Ils naviguaient depuis déjà une semaine, autant pour s'initier aux joies de la marine que pour tenter d'oublier la disparition de la jeune fille. En vain. Si seulement ils pouvaient apprendre qu'elle avait rejoint les Capes-Vertes au Zhong ou qu'elle était revenue...

– C'est Olvan, indiqua Tarik. «Rien sur Meilin mais du nouveau sur localisation de Dinesh. Allez au Kho Kensit. Rendez-vous messager à l'Auberge de la Lune Claire, porte Est de Xin Kao Dai. Prudence. Ville aux mains de l'ennemi. Bonne chance.»

– Où ça ? s'étonna Rollan. Je croyais qu'on retournait à Havre-Vert !

– Le Kho Kensit est une région reculée du Zhong, dit Tarik, la mine soucieuse. Et Xin Kao Dai en est le port le plus proche.

– On ne peut pas débarquer comme ça en territoire ennemi, protesta Conor. Il nous faudrait une armée !

– C'est un port fréquenté par des voyageurs du monde entier. Si on se déguise et qu'on accoste en barque la nuit...

– J'adore me déguiser, déclara Rollan. Il y a une malle de vêtements dans la cabine du second. On doit bien pouvoir trouver des capes qui ne soient pas vertes. Hé, on pourrait se déguiser en ménestrels ! Ils vont et viennent sans que personne leur demande de comptes !

– Mais on n'a pas d'instruments de musique, protesta Tarik. Et de toute façon, personne ne sait en jouer.

– Et des marionnettes ? suggéra Conor. Je me souviens qu'une troupe de marionnettistes d'ombres était venue à Trunswick. Il suffirait d'un grand drap

– on pourrait emprunter une voile –, de silhouettes en bois et d'une grande lanterne. La troupe que j'ai vue avait fait un spectacle sur les différentes races de moutons. Vous savez, le mouton à laine euran...

– Des moutons en marionnettes ! s'esclaffa Rollan, comme s'il n'avait jamais rien entendu d'aussi ridicule.

– Nous avons la journée pour y réfléchir, trancha Tarik. Quand j'irai informer le capitaine du changement de cap, je lui en parlerai. Il aura peut-être une idée.

Abéké relisait le message.

– Dinesh, c'est l'Éléphant, n'est-ce pas ? Je veux dire, la Bête Suprême ?

– Oui. Le détenteur de l'Éléphant d'Ardoise. Il va falloir le convaincre de nous confier son talisman.

La jeune fille regarda Conor.

– On le gardera, celui-là, d'accord ? dit Rollan.

Conor hocha la tête d'un air malheureux.

– Évidemment, intervint Tarik. Mais pour l'instant, on va profiter du temps qui nous reste pour reprendre l'entraînement. C'est à qui ?

– V-vas-y, balbutia Conor en direction de Rollan. Je... j'ai le mal de mer, tout à coup. Je ferais mieux de m'allonger.

Il s'éloigna en titubant, puis se traîna le long de la rambarde et disparut dans l'escalier qui menait aux cabines, à l'étage inférieur. Briggan le suivit patiemment.

En vérité, Conor n'avait pas le mal de mer, il avait honte. Comment pouvait-il s'entraîner alors que Rollan lui rappelait sans cesse qu'il ne lui faisait pas confiance ? Tarik et Abéké, au moins, montraient de la bonne volonté. Mais pas Rollan. Conor ne pouvait pas ouvrir la bouche sans qu'il le rabroue. Comment Conor pouvait-il les aider s'il discréditait la moindre de ses initiatives ?

Et puis, Conor était terrifié à l'idée d'entrer clandestinement en territoire occupé, où ils allaient se retrouver seuls face aux forces des Conquérants. Il n'osait pas imaginer quel sort les attendait s'ils étaient arrêtés. Pas par lâcheté : il était plus inquiet pour ses amis que pour lui-même. Mais il savait qu'ils n'auraient pas le droit à l'erreur.

– Je ferai ce qu'il faudra, chuchota-t-il à Briggan en s'asseyant sur son étroite couchette et en attirant le loup près de lui. Je leur prouverai que je suis un vrai Cape-Verte.

Xin Kao Dai

« **X**in Kao Dai, leur avait dit le capitaine de *L'Orgueil de Tellun*, est un joli port, mais à cette époque de l'année, il est souvent dans le brouillard le matin. Il y a une petite île tout près du cap sud. On peut attendre minuit et vous y emmener en barque. Ensuite, vous profiterez de la marée basse pour rejoindre la ville à pied. Vous traverserez une zone de pièges à poissons

et vous arriverez directement dans le quartier des pêcheurs. »

Deux jours plus tard, alors qu'ils avaient de l'eau jusqu'à la taille, Rollan se dit qu'il aurait préféré un plan un peu plus sec.

Quant au brouillard, le capitaine n'avait pas menti. Il était si épais que les premiers rayons du soleil n'arrivaient pas à percer. En revanche, Rollan n'avait pas froid, ce qui l'étonna. Il n'aurait pas imaginé que le brouillard pût être chaud. Mais ce n'était pas agréable pour autant. L'humidité formait des gouttelettes qui dégoulinaient sur sa nuque et dans ses oreilles. Elles coulaient aussi dans ses yeux et il était sans cesse obligé de cligner des paupières et de secouer la tête.

– Qui a eu cette idée géniale, rappelez-moi ? marmonna-t-il, s'efforçant de ne pas se laisser distancer par Tarik.

Conor venait derrière lui et Abéké fermait le rang. Ils avaient fixé à leurs sacs à dos les pièces détachées des marionnettes. Tarik, lui, portait la lampe tempête.

Conor avait insisté pour prendre la grande voile, de loin la pièce la plus lourde. Rollan avait pensé qu'il cherchait sans doute à se faire pardonner d'avoir livré le talisman aux Conquérants. Lui qui n'avait pas de famille, il ne comprenait pas comment Conor avait pu faire une chose pareille, pas plus qu'il ne comprenait pourquoi Meilin avait décidé de partir, alors que son père était peut-être déjà mort. Ça n'avait aucun sens.

– C'est encore loin ? s'enquit-il à voix basse pour ne pas se faire repérer.

Le brouillard était si dense qu'ils ne voyaient pas à deux mètres. Ils étaient tous nerveux à l'idée d'entrer au Zhong, où le moindre faux pas pouvait les jeter dans les bras des Conquérants.

Mais au Zhong, il y avait aussi Meilin. Rollan se demanda s'il la reverrait bientôt, puis il secoua la tête et refoula l'image de la jeune fille. Ce n'était pas le moment de penser à quelqu'un qui avait pris la fuite et l'avait abandonné... enfin... *les* avait abandonnés.

– Ça va ? s'inquiéta Conor.

– J'ai de l'eau dans les oreilles, grommela Rollan.

– On y est presque, dit Tarik. J'aperçois des pièges à poissons.

– C'est dangereux? demanda Rollan, qui n'en avait jamais vu.

– Pour les poissons, oui.

– Tu es sûr? Ça serait trop bê...

Il mit soudain le pied dans un trou et le niveau de l'eau monta dangereusement jusqu'à son cou. Il agita les bras, éclaboussa, cracha. Il serait tombé la tête la première si Conor ne l'avait pas retenu d'une poigne solide.

– Ça va? appela Abéké, d'un peu plus loin.

Rollan repoussa Conor.

– Vous allez arrêter de me demander si ça va? Ça va!

Ça allait d'autant mieux qu'il avait à nouveau les pieds sur du sable dur. Il savait qu'il aurait dû remercier Conor, mais c'était au-dessus de ses forces. Le souvenir de sa trahison était trop vif.

– Ne traînons pas, dit Tarik. Il faut qu'on entre dans la ville avant que le brouillard se lève.

Le Cape-Verte accéléra le pas. Rollan, qui redoutait maintenant autant les trous d'eau que les pièges à poissons, eut du mal à suivre.

– N'oubliez pas d'attacher vos manches à vos poignets pour cacher vos tatoos. N'appelez vos animaux totems que si vous êtes en danger de mort. Quant à toi, Rollan, il vaudrait mieux qu'Essix reste dans les airs. Les oiseaux de proie sont fréquents ici, mais un faucon avec une troupe de marionnettistes, ça risque de paraître bizarre...

Rollan ne pouvait rien promettre. Il était gêné qu'Essix refuse encore de se mettre sous forme passive. Au moins pouvait-elle voler librement sans attirer l'attention. Elle était quelque part, au-dessus du brouillard.

Les pièges à poissons, de grandes structures en osier plantées dans le sable, formaient une sorte de forêt au milieu de la mer. Tarik les contourna soigneusement. Les autres le suivaient. Ils pouvaient marcher plus vite maintenant que l'eau était moins profonde.

Le jour se levait, le soleil allait bientôt poindre à l'horizon. À travers la brume, Rollan distingua une plage de sable en pente douce, où étaient amarrées des rangées de bateaux de pêche. À l'arrière-plan,

des silhouettes de maisons se devinaient dans le brouillard.

Ils sortirent enfin de l'eau. À gauche, au bout de la plage, se dressait un bâtiment massif. Une tour de guet. Par chance, le brouillard l'enveloppait presque entièrement. Seuls étaient visibles le mur inférieur et la faible lueur rouge des torches.

Tarik leur fit signe de se presser. Ils ne pouvaient pas rester à découvert, c'était trop dangereux. Ils longèrent un chemin qui menait aux maisons des pêcheurs.

Alors qu'ils approchaient, Tarik changea soudain de direction et se réfugia dans l'ombre d'un mur. Tous se faufilèrent à sa suite. Abéké venait de disparaître derrière le mur lorsque trois pêcheurs surgirent et descendirent la plage, des paniers sur le dos et des foënes à la main.

Une lueur rouge perça à travers la brume. Dans un flash, Rollan aperçut le soleil qui se levait sur l'horizon, comme s'il se trouvait au-dessus des nuages. Il battit des cils, stupéfait.

Il avait vu avec les yeux d'Essix !

Il ouvrit la bouche, abasourdi, et ne se rendit même pas compte qu'il avalait une mouche. Il la recracha sans y prêter attention.

Il aurait voulu partager ce qu'il venait de vivre avec les autres, mais ce n'était pas le moment. Le soleil était plus haut que prévu : ils avaient pris du retard. Les gens allaient sortir de leurs maisons pour se rendre au travail. Ils devaient se dépêcher de quitter le quartier des pêcheurs et se fondre dans la foule de la ville.

— Il faut filer, chuchota-t-il à Tarik. Vite !

— Peut-être qu'on ferait mieux de se cacher et d'attendre la nuit, dit Conor, nerveux. Tout le monde sera à la pêche, et les maisons seront vides.

— Mauvaise idée, répliqua Rollan. Les familles restent chez elles, et il peut y avoir des patrouilles. Il faut y aller maintenant, au contraire ! Le soleil se lève, il va vite disperser le brouillard.

— Rollan a raison, dit Tarik en observant les environs. Si on se faufile entre les maisons, on a peut-être une chance de passer inaperçus. Le quartier voisin est un marché. Une fois là-bas, ce sera gagné...

– Compris, dit Rollan d'une voix ferme. Suivez-moi !

Il était décidé à prendre la tête des opérations et à ne pas laisser Conor l'interrompre avec ses idées stupides. Mais Tarik l'arrêta d'une main sur l'épaule.

– Attends... Je vais passer en premier. Si les gardes nous repèrent, vous pourrez courir et vous mettre à l'abri.

– Mauvaise idée, rétorqua Rollan avec fermeté. Sans vouloir vous vexer, Tarik, même sans votre cape verte, vous êtes facilement repérable. Ce serait mieux que vous restiez en queue, au contraire, et que vous fassiez semblant d'être notre garde du corps ou quelque chose comme ça.

Tarik avança la mâchoire, rentra la tête dans les épaules et fit semblant de boiter. Il avait tout d'une brute. Ses talents de comédien impressionnèrent Rollan, qui hocha la tête d'un air approbateur.

Il tendit l'oreille et écouta, puis, rassuré, il contourna l'arrière de la maison. Tous ses sens en éveil, il se sentait plus vivant que jamais. Il éprouvait

un vrai plaisir à se retrouver dans les faubourgs d'une ville, même inconnue, et il avait envie de montrer aux autres de quoi il était capable.

Le brouillard n'était déjà presque plus qu'un souvenir. Il longea quatre maisons en bois très simples, puis il courut jusqu'à une rangée de poteaux où des filets suspendus attendaient d'être réparés. Il se faufila sous les filets, qui offraient une protection parfaite. Mais au bout d'une vingtaine de mètres, il s'arrêta et leva la main pour avertir les autres.

Une large route séparait le quartier des pêcheurs des échoppes du marché. Les vendeurs sortaient déjà leurs marchandises et échangeaient des bonjours matinaux.

Au beau milieu de la route se tenaient deux gardes, dont une femme. Avec leur cuir rapiécé et leurs casques cabossés, ils avaient l'allure typique des milices urbaines... sauf qu'un animal totem – une sorte d'hermine – était assis aux pieds de la femme. C'était sans doute une partisane du Dévoreur.

– Qu'est-ce qu'on fait ? demanda Conor.

Agacé, Rollan le fit taire en portant le doigt à ses lèvres : et si, grâce à l'hermine, la garde était dotée d'une ouïe particulièrement fine ? Il réfléchit à toute allure.

Abéké fit le geste de lancer une flèche. Son arc et son carquois se trouvaient cachés sous les marionnettes.

Il secoua la tête. Abattre des gardes en pleine ville ? Idéal pour se faire arrêter. Mieux valait détourner leur attention.

– Je vais créer une diversion. Dès que le champ est libre, vous traversez et vous entrez dans le marché avec mon sac. Je vous retrouve à... devant le plus grand marchand de tourtes.

– Et s'il n'y en a pas ? chuchota Conor.

– Il y a toujours un marchand de tourtes ! protesta-t-il avec indignation.

– Au Zhong ? insista Abéké. Je ne crois pas qu'ils en mangent.

Rollan n'y avait pas pensé. Ils devaient bien manger quelque chose qui ressemblait à des tourtes ?

Tarik lui donna un petit coup dans les côtes et désigna une tour, à huit cents mètres, qui dominait

de toute sa hauteur les échoppes du marché. Rollan acquiesça :

– D'accord, rendez-vous à l'ombre de la tour. Essix vous repérera sans problème.

– C'est risqué, dit Tarik, mais je ne vois pas d'autre solution. Fais attention, Rollan.

– Je fais toujours attention, déclara celui-ci en clignant de l'œil avec assurance.

Il prit son couteau, découpa un grand carré dans le filet de pêcheur et l'enroula autour de sa tête comme un turban, laissant un pan recouvrir son visage. Puis il retira sa veste de marin, la retourna sur sa face plus claire et l'enfila.

– Attendez qu'ils me courent après...

Il sortit de sa cachette et se dirigea vers les gardes. Occupés à discuter, ceux-ci ne lui prêtèrent pas tout de suite attention, mais l'hermine se raidit et siffla.

Rollan poussa un cri strident, tituba et s'écroula dans un étal de perles et de colliers, qui se répandirent sur la route. Il tendit alors le doigt vers l'hermine et cria :

– Elle m'a craché du poison dans les yeux !

Les gardes laissèrent échapper des jurons et s'élancèrent vers lui. Rollan renversa un panier de perles sous leurs pieds, avant de s'enfoncer à l'intérieur du marché en hurlant :

– Poison ! Poison !

Les signes secrets

Dès que les gardes partirent à la poursuite de Rollan, Tarik, Abéké et Conor traversèrent la route de l'air le plus naturel possible. Le cœur battant, ils s'attendaient à se faire héler d'un instant à l'autre... mais personne ne faisait attention à eux. Tout le monde était occupé à examiner les dégâts laissés par Rollan et les gardes.

Le temps que les marchands retournent à leurs affaires, les trois Capes-Vertes faisaient tranquillement la queue devant un vendeur de plats chauds. Ils avaient repéré un mélange épicé de riz et de viande présenté sur une feuille verte – bien plus appétissant que la nourriture servie à bord, d'après Abéké.

– Des marionnettistes! s'écria le marchand, tout en étalant des portions sur les feuilles. Où donnez-vous votre spectacle? Ma fille adore le théâtre d'ombres!

– Dans une auberge à la porte Est, répondit Tarik.

– Ah, à la Lune Claire! s'exclama l'homme, approbateur. Ils servent le meilleur vin de riz de tout le Kho Kensit. Raison de plus pour venir vous voir! Tenez, voilà... Ça vous fera trois sous.

Tarik lui tendit trois piécettes soigneusement choisies pour venir d'Eura, du Zhong et d'Amaya.

– Nous venons juste d'arriver au Zhong, dit Tarik, tout en donnant leur part à Conor et à Abéké. J'étais un peu inquiet à cause du changement de gouvernement... mais ça a l'air plutôt tranquille...

— Très tranquille, répondit le marchand en baissant soudain les yeux. Allez, avancez, y a des gens qui attendent !

Le trio se mêla à la foule. En se retournant, Abéké constata avec inquiétude que l'homme la suivait du regard. Elle se raccrocha à l'espoir qu'il serait trop occupé à vendre ses plats pour alerter les gardes, mais il était clair que les paroles de Tarik l'avaient rendu méfiant.

Au fur et à mesure que le soleil se levait, les gens affluaient et les allées se remplissaient.

— J'espère que Rollan ne s'est pas fait prendre, murmura Conor à Abéké tandis qu'ils s'approchaient de la tour qui dominait le centre du marché.

— C'est vrai qu'il est un peu distrait depuis que Meilin est partie, reconnut la jeune fille. Enfin, je lui fais confiance.

— Moi, j'ai peur qu'on se fasse tous prendre, marmonna Conor, tout en surveillant anxieusement deux gardes en train d'essayer des couteaux à un étal voisin.

— Il a bien dit « à l'ombre de la tour », non ?

Sans vouloir se l'avouer, Abéké commençait à s'inquiéter aussi. Où était Rollan?

Elle tourna la tête à gauche et, tout à coup, Rollan surgit à ses côtés. Il s'était débarrassé de son turban et portait à nouveau sa veste à l'endroit. Alors qu'elle ouvrait la bouche sous l'effet de la surprise, il attrapa son sac et le hissa négligemment sur l'épaule.

– Merci. Prêts pour aller à la porte Est?

– Prêts, répondit Tarik. Et les gardes?

– Je les ai semés dans une décharge où les marchands jettent leurs rebuts. Particulièrement atroce, vu l'odeur. Ils ont, hum, trébuché... On ne risque pas de les revoir avant un moment.

– Bien joué, Rollan.

Il se rengorgea comme un paon.

– Si vous voulez bien me suivre...

– Ne sois pas trop confiant, le mit en garde Tarik. Demande à Essix de vérifier que la voie est libre.

– C'est fait.

– Surtout, qu'elle reste en altitude. Personne ne doit savoir que c'est un animal totem...

– Ne vous inquiétez pas, elle est prudente! protesta Rollan, agacé.

Malgré tout, il était plus calme et Abéké se sentit à son tour plus sereine. Il s'agissait maintenant de faire profil bas. Même si Rollan s'était montré rusé, ils ne pouvaient pas continuer de jouer avec le feu.

— Bravo pour ta présence d'esprit, en tout cas ! le félicita Abéké, tandis qu'ils se frayaient un passage dans la foule. On voit que tu as l'habitude...

Rollan fit un geste de la main.

— Ça veut dire quoi ? s'étonna-t-elle.

— Oh, c'est un code de la rue. Ça veut dire : « pas de quoi fouetter un chat ».

— Nous aussi, à la chasse, on utilise des codes. On ne peut pas se permettre de parler quand on traque une proie...

— Montre ! dit Rollan. Moi, je t'apprends ceux de Concorba.

Ils comparèrent les signes amayains et niloais. Certains étaient identiques. Mais un rapide tour de la main gauche signifiait « pickpocket » pour Rollan et « mets-toi à l'abri » pour Abéké. Repérant des gardes au bout d'une allée, elle leva deux doigts au-dessus de sa tête en direction d'une échoppe

vide. Il comprit tout de suite, s'engouffra dans l'échoppe et ressortit par l'arrière, suivi de près par les autres.

Un marchand les invectiva avec véhémence. Abéké ne saisit pas le sens de ses paroles, mais elle vit l'éclat haineux de ses yeux et l'attitude craintive des marchands voisins.

Ils quittèrent enfin le quartier du marché. Après avoir grimpé le long d'une route en lacets, ils arrivèrent dans un quartier plus prospère, où les marchands disposaient de véritables boutiques. Les rues étaient toujours bondées, si bien qu'il leur était facile de se mêler aux passants. Mais avec leurs vêtements mouillés et les pièces détachées des marionnettes qui dépassaient de leurs sacs, ils étaient facilement repérables.

À l'approche de la porte Est, la foule se clairsema. Ils aperçurent la muraille d'enceinte. Au niveau de la porte, un drapeau à l'emblème des Conquérants flottait dans le ciel. Un seul des deux battants était ouvert, et des gardes barraient le passage, inspectant tous ceux qui passaient. De chaque côté, une file attendait patiemment.

– N'oubliez pas vos noms, chuchota Tarik. Et rappelez-vous, nous sommes des marionnettistes venus faire un spectacle à l'Auberge de la Lune Claire.

Il s'interrompit pour avancer avec la file. Une demi-douzaine de gardes étaient occupés à contrôler les identités, mais il n'y avait que deux animaux totems : un gigantesque chien qui reniflait tous les voyageurs et une énorme araignée juchée sur l'épaule de sa maîtresse.

– Nom et profession, cria le garde au chien.

– Mosten, répondit Tarik. Marionnettiste. Je dois faire un spectacle à l'Auberge de la Lune Claire et ce sont mes apprentis, Olk, Snan et Pahan.

Le molosse flaira d'abord Tarik, puis le contourna et les renifla les uns après les autres. Mais au lieu de revenir s'asseoir à sa place une fois son inspection terminée, il recommença à les renifler un à un. Il s'attarda longuement sur Abéké, puis se mit à gronder.

– Smagish t'aime pas, grogna le garde. T'as une drôle d'odeur...

– C'est parce que j'ai joué avec un chaton, s'empressa-t-elle d'expliquer. J'aurais voulu l'acheter,

mais Mosten a refusé. Il a dit qu'on devait garder nos écus pour des choses utiles.

– Des écus ? Vous avez de l'argent ?

– Bien sûr, répondit Tarik. Mais ils demandaient cinq écus pour le chaton. C'est du vol !

– J'aime pas ça, des vagabonds aux poches vides. Montrez voir !

Tarik ouvrit sa paume, qui contenait cinq écus. Le garde jeta un regard à la ronde, puis s'empressa de les empocher.

– C'est une amende. Pour avoir joué avec des chats et m'avoir fait perdre mon temps. Filez !

Ils s'éloignaient à peine quand...

– Attendez ! s'exclama la femme.

Rollan se raidit, prêt à se défendre. Mais l'araignée ne bougea pas et la femme ne dégaina pas.

– Et moi ? Où est ma part ?

– Il ne nous reste plus que trois écus, protesta Rollan.

– Donnez-les-moi !

Tarik haussa les épaules, puis fouilla ostensiblement sa bourse avant d'en sortir d'autres pièces, que la femme prit d'un air maussade.

– Si vous lui en donnez un, suggéra Rollan au garde, vous en aurez quatre chacun.

– Je les ai, je les garde, rétorqua ce dernier.

– C'est pas juste ! s'exclama la femme.

Rollan profita de leur inattention pour s'éclipser et fit signe aux autres de se dépêcher. Ils s'engouffrèrent sous la porte et laissèrent les gardes s'écharper entre eux.

Abéké découvrit avec surprise des dizaines de petites baraques adossées à la muraille. Des rangées et des rangées de portes étroites ouvraient sur des taudis qui évoquaient davantage des clapiers que des maisons. Des familles entières s'y entassaient. Des gens se disputaient des restes avec des chiens qui ressemblaient à des rats. Il régnait une misère sordide.

– Beurk, dit Abéké, tordant le nez.

Des effluves pestilentiels flottaient dans l'air. Jamais une telle saleté n'aurait été tolérée dans son village.

– J'étais pressée de quitter la ville, mais finalement, ici, c'est pire !

– On va vite regagner la campagne, dit Tarik à voix basse. Il faut juste qu'on sache où aller.

– C'est ça, l'auberge? demanda Rollan en désignant une grande bâtisse qui dominait les masures, et qui était protégée d'un mur d'enceinte.

Au-dessus du portail en bois, une enseigne figurait un croissant de lune surplombant une montagne.

– Oui, confirma Tarik. Mais on ne va pas s'attarder. Je vais trouver le messager et on repart le plus vite possible.

Ils s'engagèrent sous le porche et eurent un moment d'arrêt. La cour était envahie de soldats. Des dizaines de soldats assis sur des tonneaux retournés, accompagnés de leurs animaux totems.

Le lieu était une place forte de l'ennemi.

L'Auberge
de la Lune Claire

Conor voulut faire demi-tour, mais Tarik le retint fermement par le bras.

– Fuir ne fera qu'attiser les soupçons, chuchota-t-il.

– Il faut faire comme si de rien n'était, renchérit Rollan. Avance !

Serrés les uns contre les autres, les quatre compagnons s'engagèrent dans l'étroite allée entre les soldats. Sur leur passage, les têtes se tournèrent, les conversations s'interrompirent, et ils sentirent les regards s'appesantir sur eux. Un serpent enroulé autour du cou de son maître darda sa langue sifflante et les scruta fixement. Deux hermines cessèrent de se battre pour les observer. Conor se prépara à relâcher Briggan au moindre signe qu'ils étaient découverts. Se cacher, d'accord, mais il n'hésiterait pas à se battre.

Alors que Tarik posait le pied sur la première marche du perron, la porte s'ouvrit toute grande et un homme apparut. De haute stature, il portait un tablier d'une blancheur douteuse et une série de gobelets autour de la taille. De toute évidence, c'était l'aubergiste. Il leva les bras avec un soulagement visible et déclara :

— Des marionnettistes ! J'avais demandé des comédiens ou des ménestrels, mais ça fera l'affaire ! Combien vous prenez et quand est-ce que vous pouvez jouer ? Le plus tôt sera le mieux !

Si Tarik fut pris de court, Rollan s'engouffra dans la brèche sans hésiter.

– Une douzaine d'écus et le couvert. Mais il faut attendre que la nuit tombe. Disons six heures.

– Marché conclu !

Il jeta un regard aux soldats, qui avaient repris leurs jeux de cartes, leurs boissons et leurs conversations.

– Je m'appelle Bowzeng. J'ai une troupe de cinquante Conquérants cantonnés ici, qui s'ennuient comme des rats morts. Ils ont besoin de se distraire, et j'aime autant que ce ne soit pas en cassant mes meubles ! Entrez !

Il repartit à l'intérieur. Abéké tira Rollan par la manche.

– Tu es fou, ou quoi ? chuchota-t-elle. On ne sait pas jouer !

Conor approuva avec vigueur. Il avait aidé le charpentier du bateau à fabriquer les marionnettes, mais il n'avait pas appris à les manipuler.

– Ce ne sera pas nécessaire, répliqua Tarik. Rollan sait ce qu'il fait. Fiez-vous à lui !

Tandis que Rollan rayonnait de fierté, Conor sentit un pinçon de jalousie. C'était lui qui avait eu l'idée des marionnettes. Et c'était grâce à elles qu'ils n'avaient pas été arrêtés.

Ils entrèrent dans la grande salle commune où s'entassaient d'autres soldats. Bowzeng leur désigna une estrade légèrement surélevée à l'autre bout de la pièce.

– Vous pouvez installer votre rideau là, déclara-t-il. Il y a des crochets au plafond. Je vais annoncer le spectacle... Ah, au fait... quel est le nom de votre troupe ?

– Les Merveilleuses Marionnettes de Mosten, répondit Rollan. On va se préparer, mais comme je vous l'ai dit, il fait encore trop jour.

– On peut fermer les volets, proposa l'aubergiste, tout en jetant de nouveau un regard à la ronde.

Les soldats buvaient en jouant aux cartes ou aux dés. Ici et là, des querelles se déclenchaient et des éclats de voix fusaient. La plupart arboraient des tatoos, mais certains animaux totems se tenaient près de leur maître. À en juger par ses coups d'œil

inquiets, l'aubergiste s'attendait à voir la situation dégénérer d'un instant à l'autre.

– On a besoin d'un peu de temps pour tout mettre en place, rétorqua Rollan d'un ton assuré.

Il traversa la salle, laissa tomber son sac sur l'estrade, puis aida Abéké à se défaire du sien et sortit la grande voile roulée.

– Faites comme si on n'était pas là, monsieur Bowzeng !

L'aubergiste parut troublé, puis il repartit vaquer à ses occupations.

– Resservez nos hôtes, cria-t-il à l'une de ses servantes.

– Accroche le rideau, glissa Rollan à Abéké.

Conor comprit qu'il s'adressait aussi à lui, mais qu'il ne voulait pas le regarder en face.

– Euh, Mosten, reprit Rollan, il faut qu'on installe des seaux à incendie près de la lanterne... Vous pouvez m'aider à en trouver ?

Tarik hocha la tête et tous deux disparurent dans les cuisines.

– On s'y met ? demanda Abéké à Conor d'une voix joviale.

Il sursauta. Il prit conscience qu'il était encore en train de penser aux rebuffades de Rollan. En train de ruminer. Ce qui n'était jamais bon. Il commença à dérouler la voile. Abéké attrapa l'autre bout et l'aida.

Après plusieurs essais infructueux, ils réussirent à la fixer en travers de la salle. Ils venaient de poser la grande lanterne sur un tabouret quand Tarik et Rollan revinrent. Ils portaient à bout de bras de grands seaux en bois qui débordaient d'eau.

Cachés par la voile, les quatre compagnons se réunirent autour des sacs et déballèrent les différents morceaux des marionnettes.

– J'ai trouvé le messager, expliqua Tarik à voix basse. Il est cuisinier ici. On a travaillé ensemble il y a quelques années, et il m'a reconnu tout de suite. Il a de bonnes nouvelles : Lishay, une Cape-Verte hors pair, a réussi à localiser Dinesh. Il faut qu'on la rencontre au plus vite. Elle nous attend au fin fond du Kho Kensit. C'est assez loin d'ici, mais heureusement le voyage se fait en grande partie par le canal et la rivière. La jungle du Kho Kensit n'est pas facile à traverser sinon.

— Si on laissait les marionnettes, ce serait quand même plus pratique, remarqua Abéké.

— D'accord avec toi, renchérit Conor, qui n'en pouvait plus de porter la lourde voile. On pourrait sortir par la porte de service. Personne ne s'en rendrait compte avant qu'on soit loin...

— C'est exactement ce que je pensais, déclara Rollan en arborant un sourire satisfait. J'avais bien dit qu'on n'aurait pas besoin de le faire, ce spectacle !

Ils vidèrent leurs sacs et installèrent les marionnettes contre un mur sale. Ils profitèrent de ce que les soldats reprenaient en chœur une chanson grivoise pour s'éloigner discrètement en file indienne, Tarik en tête. Ils traversèrent les cuisines, puis passèrent un petit portail et se retrouvèrent dans une venelle où étaient entreposés des tonneaux vides, des pots cassés et d'autres détritus.

— Vous voyez ? Fastoche ! dit Rollan, un sourire aux lèvres.

— On a eu de la chance, rétorqua Tarik d'une voix prudente. Je pense que l'aubergiste a raison. Il va y avoir du grabuge ici ce soir.

– Surtout sans le spectacle, remarqua Conor.
Ça me fait presque de la peine pour lui.

– Hé, on n'a rien sans rien ! protesta Rollan.
Ce qui compte, c'est de réussir notre mission !
Enfin... pour la plupart d'entre nous...

– Qu'est-ce que tu veux dire, exactement ?
demanda Conor, hérissé.

– Tu as très bien compris...

– Ce n'est pas le moment de se disputer, intervint Tarik. Une barge nous attend sur le canal, mais
il faut encore longer la rue et descendre la colline.
Sans les marionnettes, ça va être difficile de passer
inaperçus.

Conor n'avait pas grandi dans une grande métro-
pole comme Rollan, mais il avait vécu en ville et
il était décidé à montrer qu'il n'était pas si nigaud
que ça.

– Prenez des choses qu'on pourrait charger sur
un bateau.

Joignant le geste à la parole, il ramassa un petit
tonneau. Rollan s'empara d'un pichet de vin de
riz, Abéké d'un sac percé qu'elle retourna pour en

cacher le trou, Tarik d'une caisse qu'il hissa sur son épaule.

Ils venaient de se mettre en route quand une voix avinée les interpella depuis la porte :

– Ousse que vous allez ? Et le sss-pectacle ?

C'était un soldat. Un soldat taillé comme une armoire à glace, qui les dévisageait d'un air hargneux.

Les enfants n'eurent pas besoin de se consulter. Conor lança son tonneau dans les jambes de l'homme, qui tomba en avant. Abéké enfila son sac sur sa tête pour étouffer ses cris et Rollan l'assomma d'un coup de pichet derrière la nuque. Il s'écroula par terre, inconscient.

– Bien joué ! applaudit Tarik.

Ils se regardèrent tous les trois. Rollan sourit à Conor, qui sentit son cœur s'alléger. Mais il n'eut pas le temps de lui sourire en retour que déjà Rollan s'était ressaisi et fronçait les sourcils. Conor transforma son esquisse de sourire en mimique de concentration. De toute façon, ce n'était pas le moment de se congratuler. Des éclats de voix fusaient de l'auberge. Ils attrapèrent de nouveaux

tonneau, sac et pichet, puis quittèrent précipitamment la venelle.

Derrière eux, la porte s'ouvrit à toute volée.

– Hé, vous ! appela une voix.

– Par ici, cria Tarik en tournant à gauche, dans
une ruelle à peine plus large.

Conor entendit un fracas dans son dos, mais il
n'osa pas se retourner, paniqué par les bruits de
cavalcade derrière lui.

De longs sifflements retentirent. Alertés par le
signal, des Conquérants surgirent devant eux.

– Par là ! lança Tarik en s'engouffrant sous un
porche.

Ils traversèrent une petite cour pavée où étaient
parqués des cochons.

– Ouste ! dit Tarik, en leur donnant une tape sur
la croupe. Bas les pattes !

Ils débouchèrent dans une autre ruelle. Cette fois,
Conor prit le temps de jeter un regard par-dessus son
épaule. Deux Conquérants les talonnaient. Mais le
premier bascula par-dessus un cochon et le deuxième
glissa sur les pavés fangeux.

Conor sourit. Le répit fut de courte durée. Un autre Conquérant surgit soudain d'un porche à sa droite et, de ses grosses mains, tenta de lui agripper les cheveux.

Conor se baissa vivement et lui envoya le tonneau dans le visage. L'homme lui bloquait le passage. Sans hésiter, il fit demi-tour et partit dans l'autre sens, courant aussi vite que ses jambes le lui permettaient. Poussant un rugissement, le Conquérant s'élança à sa poursuite d'un pas lourd mais terriblement rapide.

Arrivé au bout de la rue, Conor, le cœur battant à toute allure, tourna à droite et se retrouva au pied des murailles. Il y avait des gens partout. Il se faufila dans la foule, mais il savait que l'homme le suivait de près, car il entendait les cris des gens qu'il bousculait sur son passage.

La peur le fit accélérer. À un moment, il crut sentir le souffle de son poursuivant sur sa nuque. Ses épaules se crispèrent, prêtes à recevoir un coup ou même la lame d'un couteau...

Deux autres Conquérants apparurent quelques mètres devant lui, armes à la main. Leurs animaux

totems – un chat et un lézard à collerette – se mirent à cracher d'un air menaçant.

Conor devait trouver un moyen de leur échapper, mais comment ? Il était cerné de murs. À droite, les murailles. À gauche, les cahutes du bidonville de Xin Kao Dai. Mais ce n'étaient pas des maisons en pierre comme chez lui, les murs étaient aussi fins que du papier et certaines cloisons étaient de simples tissus suspendus.

Il en souleva un et se glissa à l'intérieur d'une habitation. Un jeune homme, assis devant un pot en argile, remuait une sorte de gruau. Il leva la tête, surpris.

– Désolé, balbutia Conor, pantelant, avant de passer dans la maison voisine.

Derrière lui, il entendit un bruit de papier qui se déchire.

Il s'arrêta un bref instant pour reprendre son souffle. Ses yeux balayèrent les lieux dans l'espoir de trouver une issue. Soudain, une main attrapa la sienne. Une petite fille. Elle avait l'air de vouloir l'emmener quelque part. Dans son dos, une femme âgée lui fit signe de filer.

La petite fille tira sur sa main. Les cris et les bruits de papier déchiré se rapprochaient dangereusement.

Sans plus réfléchir, Conor la suivit. Ils s'enfoncèrent dans le bidonville sous le regard bienveillant des gens qui les laissaient passer sans intervenir. Elle le mena à travers un véritable labyrinthe. Jamais il n'aurait pu s'orienter seul.

Peu à peu, les bruits s'éloignèrent. La petite fille continua à le guider. Arrivée en bordure du bidonville, elle souleva un tissu crasseux et l'éclat du jour éblouit Conor. Il cligna des yeux plusieurs fois.

Devant lui s'étendait le canal. Il aperçut une longue barge lourdement chargée de sacs d'épices. Ses amis se trouvaient à bord, le visage tendu par l'inquiétude. Abéké fouillait les rues du regard, à sa recherche, tandis que Rollan avait l'air particulièrement soucieux. Ou seulement agacé ? Conor n'aurait pas su le dire.

Il se tourna vers la petite fille.

– Merci...

Il regrettait de ne rien avoir à lui donner. Mais elle ne resta pas à quêter des remerciements. Après un sourire furtif, elle disparut dans la pénombre.

Conor traversa rapidement le quai, où il était à découvert, et embarqua sur la barge.

Xue

La nuit tomba et les rats se faufilèrent entre les bambous pour manger les fleurs. Meilin tenta de les repousser avec ses pieds, mais elle était si faible qu'elle réussit à peine à les faire reculer. Son estomac n'était qu'un vide douloureux. Elle avait l'impression d'avoir avalé un buisson d'épines tant sa gorge était sèche. Sa canne de combat ne lui servait à rien face aux rats, qui,

visiblement, ne la considéraient pas comme dange-
reuse. « Dans combien de temps, pensa-t-elle avec
amertume, verront-ils en moi un bout de viande ? »

Elle avait cessé de compter les jours. Elle se
trouvait encore une fois face à un embranchement
sans savoir quelle direction prendre. Toutes les
stratégies qu'elle avait essayées s'étaient soldées
par des échecs.

Jhi s'assit en se dandinant, puis l'attira près d'elle
avec sa patte.

Meilin hésita, puis capitula. Elle se laissa choir
sur l'épaisse couche de fleurs de bambous. Elle
n'avait plus la force de tenir tête à son animal totem.

Celui-ci porta une patte à son oreille et secoua
très lentement la tête de droite à gauche.

– Que j'écoute ? Tu veux que j'écoute ? demanda
Meilin. Mais quoi ?

Elle fronça les sourcils mais tendit l'oreille.

Au début, elle n'entendit que le bruissement du
vent dans les feuilles les plus hautes, tandis qu'autour d'elle, l'air restait immobile et humide.

Puis elle entendit les rats qui s'agitaient à ses
pieds et poussaient parfois un couinement. Ils étaient

si nombreux à s'empiffrer des fleurs de bambou pendant qu'elle mourait de faim...

Jhi s'appuya contre elle. Elle sentit alors sa colère et sa frustration se dissoudre. Peu à peu, le calme la gagna. Elle s'aperçut qu'elle avait calé sa respiration sur celle du panda. Une grande quiétude l'envahit.

Elle perdit le sens du temps. Lorsque Jhi se leva, il faisait nuit noire et un rat grignotait le bout de sa chaussure gauche. Meilin le fit fuir d'un coup de canne.

Une obscurité profonde les enveloppait : les bambous étaient si hauts qu'ils empêchaient la lueur des étoiles d'arriver jusqu'à elles. Meilin ne voyait même pas ses propres mains lorsqu'elle les portait à hauteur de son visage. Elle se releva. Malgré les ténèbres, les rats et la faim qui la tenaillait, elle se sentait sereine. Le panda et la jeune fille, aussi immobiles que des statues, respiraient tout doucement. Soudain, le cœur de Meilin se mit à battre plus vite : elle venait d'entendre un bruit insolite. Un bruit qui évoquait le tintement d'une fourchette sur une assiette !

– Il y a quelqu'un là-bas, chuchota-t-elle.

Le panda s'étira et commença à marcher. La jeune fille tendit la main pour agripper sa fourrure.

– Où tu vas?

Jhi s'arrêta pour lui laisser le temps de la rattraper, puis repartit de son pas tranquille.

Meilin éprouvait une étrange sensation de libération à suivre Jhi dans l'obscurité. Elle ne distinguait pas les embranchements et ne s'angoissait plus à l'idée de se tromper.

La veille encore, elle aurait sans doute houspillé Jhi, lui aurait demandé où elle l'emmenait et si elle l'emmenait quelque part. Mais cette nuit-là, elle se contenta d'avancer, avec une confiance aveugle.

À un moment, le panda changea de direction et Meilin se cogna contre des tiges de bambous, mais sans se faire mal. Avec la tombée de la nuit, l'air avait fraîchi. L'atmosphère était presque paisible. Meilin devait simplement veiller à ne pas lâcher Jhi.

Pendant combien de temps marchèrent-elles? Meilin n'aurait pas su le dire. Elles progressaient très lentement. Jhi s'accordait de nombreuses pauses pour manger. Elle attrapait une tige plus fine que

les autres et la cassait en la courbant, saupoudrant Meilin de fleurs et de petits insectes.

Au fur et à mesure, le cliquetis devint plus fort et plus distinct. Jhi continuait à avancer sans jamais hésiter. Meilin se demandait à quoi pouvait correspondre ce bruit très léger et métallique.

Puis Jhi tourna à un coin et Meilin entrevit une faible lumière. Elle plissa les yeux et aperçut, au loin, la douce lueur d'un feu de camp. Un petit chaudron était suspendu à un trépied. Une fine silhouette en mélangeait le contenu avec une longue louche en métal qui raclait le fond. C'était le bruit qu'elle avait entendu.

En s'approchant, elle découvrit une vieille femme aux cheveux argentés, enveloppée d'une cape sombre. Un sac à dos était posé contre les bambous. De petites casseroles, poêles, cuillères et couteaux y étaient accrochés : une véritable batterie de cuisine ambulante. Meilin ne reconnut pas ce que la femme cuisinait, mais l'odeur qui arrivait à ses narines lui parut divine.

Soudain la faim, qu'elle avait fini par oublier, lui revint comme un coup de poing. Elle rassembla ses

dernières forces pour ne pas s'écrouler misérablement sur le sol.

– Bon... soir, Petite Mère, croassa-t-elle d'une voix rauque à peine humaine. Au... auriez-vous... de l'eau... et de quoi manger pour une voyageuse égarée?... J'ai de l'argent, je peux vous payer...

La femme tourna la tête. Ses yeux noirs et perçants la détaillèrent de la tête aux pieds, puis se fixèrent sur Jhi.

– Payer? Pas besoin. Viens donc partager mon feu, mon repas et mon eau.

– Merci, dit Meilin.

Ses jambes ne la portaient plus. Elle s'assit.

– Je suis Meilin, ajouta-t-elle. Et c'est...

– Jhi, l'interrompit la femme en lui tendant une jolie tasse en porcelaine, remplie d'eau fraîche. J'ai entendu parler du retour des Bêtes Suprêmes. Mon nom est... Tu peux m'appeler Xue.

Meilin l'entendit à peine. L'eau, limpide comme du cristal, réfléchissait les flammes rouge et jaune. Elle porta la tasse à ses lèvres et dut lutter contre la tentation de tout boire d'un trait. Elle savait que son organisme ne le supporterait pas, et elle se força

à avaler par petites gorgées. Son corps, peu à peu, se mit à revivre. Ses yeux s'embuèrent. Peut-être l'eau était-elle magique... Elle lui parut meilleure que le vin le plus fin servi dans un palais de roi.

Lorsque la tasse fut vide, Meilin en redemanda d'une main tremblante. Xue la lui remplit trois fois.

– Veux-tu un peu de ragoût?

– Oui, s'il vous plaît, répondit Meilin. Il sent si bon! Qu'est-ce que c'est?

– Du rat et des pousses de bambou. Il n'y a rien d'autre à se mettre sous la dent en ce moment.

Meilin hésita, puis déclara d'une voix résolue:

– J'en mangerais avec plaisir, madame Xue.

– Juste Xue, corrigea la vieille femme.

Elle se pencha, ouvrit son sac et en sortit un magnifique bol en porcelaine et sa cuillère assortie, protégés d'un tissu matelassé. Elle lui versa une petite louche de ragoût.

À l'instant où Meilin plongeait la cuillère dans le breuvage, une fleur de bambou tomba dans son bol. D'un geste vif, Xue l'attrapa avec une paire de baguettes pointues qu'elle fit surgir de sa manche.

– Les bambous meurent et recouvrent leurs tombes de fleurs, dit Xue. Ça fait longtemps que le labyrinthe aurait dû être replanté.

– Qui pourrait s'en charger? demanda Meilin avec amertume. Le Dévoreur et ses Conquérants ont envahi le Zhong.

– Tout n'est pas perdu. Les troupes du Dévoreur sont comme la peau sur le riz au lait, une fine couche qui s'enlève facilement. Tout le monde n'a pas rendu les armes.

– Vous parlez des loyalistes? Les ennemis du Dévoreur? s'exclama Meilin qui, maintenant qu'elle avait l'estomac plein, retrouvait une énergie combative. Je les cherche, justement! Je veux leur proposer mes services! Où sont-ils?

Xue jeta un regard à Jhi, qui mâchait des pousses de bambou d'un air satisfait. Le panda remua les oreilles.

– Il y a un camp non loin d'ici, dit-elle. Il y a toujours eu des forteresses cachées dans le labyrinthe. Les loyalistes se sont rassemblés au Fort Sud.

– Sud? répéta Meilin. Mais... mais je croyais être au nord... Je suis entrée par le nord...

– Impossible. Tu n'aurais pas pu arriver jusqu'ici. Tu as dû entrer par le sud.

Meilin la fixa avec horreur.

– Je comprends pourquoi je me suis perdue !

– Tu as eu de la chance d'avoir Jhi avec toi. Un panda ne se perd jamais dans une forêt de bambous.

– Oui, dit Meilin. Mais au début, je n'ai pas voulu l'écouter...

– La pensée naît dans le silence, dit Xue d'un ton sentencieux. Mange ton ragoût. Dors. Je t'emmènerai au Fort Sud demain matin.

– Merci. Je... je ne sais pas ce que je serais devenue sans vous...

– Tu as Jhi, protesta Xue.

– Oui, dit Meilin en se tournant vers le panda, occupé à courber une tige de bambou. Merci, Jhi.

Le panda continua à tirer sur le bambou, mais une vague de chaleur parcourut la jeune fille, comme une caresse. Elle sourit, puis s'allongea près d'elle et sombra dans un profond sommeil.

Deux tigres

J e n'aime pas cette jungle, déclara Rollan.
Je donnerais n'importe quoi pour retrouver
la ville !

– Ah bon ? s'étonna Abéké. Je préfère chez moi,
bien sûr, c'est moins humide. Mais je me sens quand
même mieux ici. Et Uraza aussi...

Ils avaient quitté Xin Kao Dai deux jours plus
tôt. Ils voyageaient à l'avant d'une barge lente mais

confortable, protégés du soleil, des insectes et des regards indiscrets par un auvent en gaze.

Le loup aux yeux bleus scrutait la jungle avec méfiance, tandis qu'Uraza était allongée à moitié sur les genoux d'Abéké, à moitié sur un sac d'épices. Essix volait en plein ciel, comme à son habitude.

– Malgré tout, je serai contente de retrouver la terre ferme, reconnut Abéké. Le bateau, j'en ai plus qu'assez.

– *L'Orgueil de Tellun*, encore, ça allait, dit Rollan. C'était presque confortable...

– Mais pour moi, c'est la quatrième fois depuis que j'ai quitté mon pays...

– Avec l'ennemi..., compléta Conor.

– Oui, l'interrompit Abéké à voix basse. Mais ça, je ne le savais pas.

Briggan dressa soudain les oreilles. Uraza releva la tête et huma l'air. Dans le ciel, Essix poussa un cri d'alerte.

Les trois enfants se tournèrent et regardèrent devant eux. La rivière, qui se rétrécissait, longeait des îles bordées de roseaux assez hauts pour dissimuler des barques de pirates.

Abéké s'empara de son arc, positionna une flèche et tendit la corde. Conor ramassa sa hache. Rollan prit son couteau d'une main et, de l'autre, souleva le voile de gaze.

– Je ne vois rien d'inquiétant, dit Abéké en fouillant des yeux la végétation dense et luxuriante.

Conor avança sur le pont entre deux sacs d'épices et appela Tarik, qui se trouvait en bas, dans la cabine.

Les deux hommes d'équipage, à la poupe, ne paraissaient pas inquiets. L'un était occupé à orienter la grande et unique voile, tandis que l'autre tenait la barre.

Briggan gronda. Uraza bondit sur un sac à l'avant de la barge et observa la jungle, la queue secouée de soubresauts nerveux.

– Qu'y a-t-il? interrogea Abéké qui sentait, presque physiquement, la tension de son animal totem.

– Essix aussi a repéré quelque chose d'anormal, renchérit Rollan, perplexe. Mais je ne sais pas quoi.

– Vous croyez qu'un ennemi pourrait se cacher dans ces roseaux? s'enquit Conor, anxieux.

– Bien sûr ! affirma Rollan.

Il ne cessait de relever le voile de gaze, dérangeant les insectes voraces qui s'agglutinaient sur le tissu.

Soudain, les tiges de roseaux s'écartèrent. Dans un formidable feulement, un tigre surgit, énorme et noir comme du charbon.

Il atterrit sur les sacs d'épices et s'élança vers Abéké. En reculant, elle lâcha son arc. Uraza se précipita pour la défendre. Les deux fauves se pourchassèrent de sac en sac, tandis que Briggan tentait de mordre la queue du tigre, depuis le pont, et qu'Essix volait en cercle au-dessus de la scène, battant furieusement des ailes et poussant des cris stridents.

Rollan et Conor, chacun d'un côté de la barge, les regardaient, impuissants. Le combat était si rapide et si enragé qu'ils n'osaient pas intervenir. Les deux fauves bondissaient en rugissant, toutes griffes et tous crocs dehors. La plupart des coups n'atteignaient pas leur cible, jusqu'à ce qu'Uraza blesse le tigre à l'oreille.

– Bravo ! s'exclama Abéké.

Mais son élan de joie fut de courte durée : Uraza ne parvint pas à esquiver le coup suivant. Cinq traînées sanglantes apparurent sur son flanc.

Briggan, confiné sur le pont, grogna.

Abéké ramassa son arc, l'arma et visa. Mais malgré sa rapidité, elle n'arrivait pas à trouver un angle de tir. Tarik se précipita près d'elle, l'épée à la main.

– C'est un animal totem devenu fou, dit-il.

– Il faut aider Uraza ! cria-t-elle, éperdue.

Même si la panthère était plus vive, le tigre était plus massif et plus costaud. Au même instant, ses crocs se refermèrent à quelques centimètres de la gorge d'Uraza.

– Je sais ! s'exclama Conor. Un filet ! Je vais en chercher un !

Il espérait immobiliser le tigre, le temps de le ligoter... ou de le tuer, s'il le fallait. Il courut le long de la barge et évita de justesse un sac d'épices qui s'écrasa sur le pont, déséquilibré par les fauves.

Avant qu'il pût mettre la main sur un filet, un rugissement retentit au milieu des roseaux, et un tigre blanc bondit par-dessus les têtes des Capes-Vertes, pour atterrir en plein milieu du combat.

– Non ! cria Abéké, certaine qu'Uraza allait se faire massacrer.

Prise de panique, elle tenta de viser cette nouvelle cible, puis abaissa son arc, médusée.

Le tigre blanc s'était interposé entre Uraza et le tigre noir. Et quand celui-ci chercha à forcer le passage, le blanc le repoussa fermement. Le tigre noir perdit l'équilibre. Abéké s'attendit à ce que le blanc lui saute à la gorge... Mais non. Au lieu d'un rugissement d'intimidation, il produisit une sorte de grondement avec le fond de la gorge, qui ressemblait presque à un ronronnement. C'était un bruit qu'elle n'avait jamais entendu et qu'elle ne savait pas interpréter.

Le tigre noir s'écarta d'Uraza, poussa un cri rauque, puis repartit d'un bond sur l'île. Seul le bout de sa queue dépassait des roseaux.

– Qu'est-ce que c'était ? demanda Rollan, abasourdi.

– L'animal totem de mon frère, répondit une voix à l'arrière de la barge. Le chagrin l'a rendu fou.

Abéké fit volte-face et pointa son arc dans la direction de la femme qui venait de monter à bord, et dont les bottes dégoulinaient d'eau. Grande et élancée, elle portait des vêtements de chasse en cuir et un foulard en soie vert autour du cou. Ses cheveux noirs striés de gris étaient noués en une longue natte. Son visage était tanné et buriné, mais Abéké n'aurait pas su dire si c'était dû à l'âge ou aux longues années passées en plein air. Peut-être aux deux. Elle était armée d'un arc zhongais et d'un sabre à la taille.

Elle leva le bras et appela: «Zhosur!» Le tigre blanc s'élança vers elle et disparut en plein saut, pour réapparaître en tatoo sur son avant-bras.

Méfiante, Abéké garda son arc braqué sur elle.

– Lishay! s'exclama Tarik en allant à sa rencontre, un large sourire aux lèvres.

Il serra ses deux mains dans les siennes avec une émotion manifeste.

– Ça fait si longtemps... Qu'est-il arrivé à ton frère?

Les yeux de Lishay se voilèrent. Elle agrippa ses mains.

– Hanzan est mort. Il a été tué lors d'un combat avec les Conquérants, il y a dix jours. Tu vois dans

quel état ça a mis Zhamin ? Il est devenu fou. Il attaque tous les animaux totems, parce qu'il les prend pour des créatures de la Bile.

Tarik hocha la tête d'un air sombre.

– C'est terrible de perdre son compagnon, dit-il.

– Les Conquérants devront payer. Par le sang !

– Ne t'en fais pas, dit Tarik d'une voix calme. Nous vaincrons.

Abéké baissa son arc et Conor rassura Briggan d'une caresse dans le cou.

– Mais pas seuls, ajouta Tarik en s'écartant légèrement. Viens, je vais te présenter les enfants qui ont invoqué les Bêtes Suprêmes.

L'expression de Lishay s'adoucit, mais Abéké constata que ses ongles avaient laissé des marques rouges sur les mains de Tarik.

– Ils ne sont que trois, remarqua-t-elle, les sourcils froncés. Où est la jeune noble zhongaise ? Sa présence serait précieuse. Même si le Kho Kensit n'est qu'une région périphérique du Zhong, les gens révèrent Jhi. Ils se rallieraient à notre cause s'ils voyaient le Grand Panda avec nous.

— Meilin est partie aider la résistance plus au centre, expliqua Tarik, passant sous silence une partie de la vérité. Nous ne savons pas exactement où elle est. Je pense qu'elle a dû tenter de franchir le Mur.

— Elle y est arrivée, déclara Rollan. Vous pouvez compter sur elle !

— Je suis désolé, Lishay, dit Conor. C'est à cause de moi. Si je n'avais pas livré...

— C'est bon, le coupa Abéké, qui n'en pouvait plus de l'entendre ressasser sa faute. Ce n'est pas pour ça qu'on est là, et Lishay non plus. L'important, maintenant, c'est d'obtenir l'Éléphant d'Ardoise ! Il nous faut ce talisman !

— Oui, murmura Conor. Tu as raison. Pardon...

— Arrête de t'excuser ! s'exclama-t-elle, perdant son calme habituel. On t'a pardonné depuis longtemps. Pas vrai, Rollan ?

Conor ouvrit la bouche, peut-être pour s'excuser encore une fois, puis la referma et hocha la tête d'un air décidé.

Lishay les observait avec attention, mais elle resta silencieuse. Abéké éprouva une sympathie

immédiate pour cette femme qui savait se montrer discrète.

– Abéké a raison, approuva Tarik. Notre but, c'est de trouver Dinesh et de le convaincre de nous confier son talisman. Lishay, si j'ai bien compris, tu sais où il vit. Où devons-nous aller ?

– C'est un peu compliqué, commença-t-elle. Je vous l'expliquerai en route. On quittera le bateau ce soir. Il y a une grève où l'on peut accoster à quelques kilomètres de là. Comme ça, on n'aura pas à mettre les pieds dans l'eau et à craindre les têtes-de-serpent.

– Les quoi ?

– On vous a dit de ne pas laisser traîner vos mains par-dessus bord, non ? Hé bien, c'est pour éviter de vous faire mordre par des têtes-de-serpent. Ce sont des poissons longs comme mon bras, aux dents très pointues.

– Et ils peuvent sauter ? s'inquiéta Conor.

– Non, heureusement. Il faut qu'on se prépare. Qu'avez-vous emporté dans vos bagages ?

– Dites-nous d'abord où on va, protesta Rollan sans bouger. Qu'est-ce qui est compliqué ?

Abéké prit conscience que Lishay avait habilement détourné la conversation, ce qui n'avait pas échappé à la vigilance de Rollan.

Lishay soupira.

– Je suis presque certaine que Dinesh se trouve au Pharsit Nang, une petite enclave au cœur du territoire des Tergesh.

– Qui sont les Tergesh ? s'enquit Abéké.

– J'ai entendu parler d'eux, déclara Tarik. Tergesh, c'est le nom qu'ils se donnent. Tout le monde les appelle les Caval-Rhinos. Ce sont des hommes étranges, et très dangereux.

– Est-ce qu'ils nous laisseront chercher Dinesh sur leurs terres ? demanda Conor.

– Ils se déplacent beaucoup, répondit Lishay. Avec un peu de chance, on n'en rencontrera pas.

– Et sinon ?

– On leur expliquera poliment la situation et on croisera les doigts.

À travers la jungle

Lishay leur avait annoncé un voyage pénible : elle n'avait pas menti. Ils avançaient en file indienne sur un étroit sentier au cœur d'une jungle dense et humide. Des sangsues tombaient des arbres, dont les branches s'entrelaçaient au-dessus de leurs têtes. Mais quand Essix repéra un chemin plus large, Lishay ne voulut pas en entendre parler.

– Les Tergesh se déplacent sur les grands axes. C'est plus prudent de rester sur ce sentier.

– Il y a un truc que je ne comprends pas, dit Rollan, tout en repoussant une large feuille humide de son visage. Les Tergesh ont des rhinocéros comme animaux totems, c'est ça?

– Non, répondit Lishay. Ils n'ont pas de totems. Personne ne sait pourquoi. Sans doute parce que, dès qu'ils sont en âge de tenir assis, les enfants tergesh sont élevés avec un bébé rhinocéros. Ils vivent avec lui, s'entraînent avec lui...

– Ouch! s'exclama Rollan. Pas très commode! Mais le chemin qu'a repéré Essix n'est pas assez large pour un rhinocéros... Ce sont des bêtes énormes!

– Oui, renchérit Abéké. Je n'en ai vu que dans les prairies, jamais dans des endroits aussi boisés qu'ici.

– Ceux du Pharsit Nang sont différents de ceux du Nilo, expliqua Lishay. Ils sont plus petits, plus rapides, plus teigneux, et ils sont particulièrement difficiles à dresser. Vous avez déjà vu des chevaux sauvages, non? Imaginez des rhinocéros sauvages, et quel genre de cavalier il faut être pour en

maîtriser un ! C'est pourquoi il vaut mieux les éviter, autant que possible.

– C'est surtout les insectes qui piquent que
j'aimerais éviter ! se plaignit Rollan en se donnant
une claque sur la joue.

Il examina sa main, où l'insecte écrasé était mêlé
à son propre sang. Il détestait la jungle.

– Il y en aura de moins en moins au fur et à
mesure qu'on s'éloignera de la rivière. En revanche,
il y aura des sangsues, des araignées et des fourmis
piqueuses. Il faudra inspecter vos bottes tous les
matins et dormir dans des hamacs.

– C'est pas vrai ! Pourquoi m'aiment-ils autant ?
protesta Rollan en se giflant encore une fois. Allez
donc piquer Conor, zut !

– Ton sang doit être plus appétissant que le
mien, rétorqua le garçon.

Une fois n'est pas coutume, aucune repartie ne
vint à l'esprit de Rollan. Il ne s'attendait pas à ce
que Conor ait enfin retrouvé un peu de mordant.
Mais surtout, il ne se sentait pas très bien. Il tâta son
visage avec inquiétude. Était-ce un effet de son ima-
gination, ou sa joue avait-elle enflé ?

– On avancerait plus vite sur un chemin plus large, insista Abéké.

– C'est trop risqué, répéta Lishay.

Elle s'arrêta pour faucher une liane qui leur barrait le passage.

– Essix peut voler en éclaireuse, proposa Rollan. Elle nous préviendra si un rhinocéros approche, ça nous laissera le temps de nous cacher.

– C'est vrai, intervint Tarik. Lishay, le temps nous est compté...

– Écoute, si c'est ton choix, je m'incline, et on continue sur des chemins plus larges.

Tout le monde se tourna vers le Cape-Verte, qui plissa le front.

– Très bien, alors, trancha-t-il. Prenons la route la plus rapide. Rollan et Essix vont surveiller les environs. Il ne faut surtout pas que les Conquérants trouvent Dinesh avant nous.

– Ça ne risque pas! protesta Lishay. Il nous a fallu des mois pour découvrir où il était!

– Les Conquérants ont eux aussi une voyante, comme Lenori, et ils ont déjà envahi une partie du Kho Kensit. Et puis... je deviens un peu

parano, avec l'âge. La guerre finit par vous rendre méfiant.

Elle hocha la tête.

– Très bien. On va rejoindre la piste.

Dans un grondement, Zhosur quitta le sentier et s'enfonça dans la jungle. Lishay s'élança derrière lui et les autres lui emboîtèrent le pas. Il se mit à pleuvoir. La pluie n'était pas froide, mais l'eau pénétrait sous leurs vestes de marin et dans leurs yeux, ce qui rendait la marche encore plus pénible.

– Je n'ai jamais eu si chaud, soupira Conor, même en plein été. Ce n'est pas bon pour les moutons...

– Ce n'est bon pour personne, rétorqua Rollan. À part les insectes !

Au même instant, il mit le pied sur une plante mouillée, perdit l'équilibre et se rattrapa grâce à un tronc d'arbre.

– Ça va ? s'inquiéta Conor.

– J'ai glissé, s'agaça Rollan en repoussant sa main. La chaleur me monte à la tête. Je ne supporte pas la jungle, c'est tout !

*

La marche devint plus facile sur la piste, large de plus de deux mètres. La végétation avait été piétinée, ils n'avaient plus à baisser la tête pour éviter les lianes, ni à redouter les sangsues. La pluie cessa et le soleil fit son apparition, provoquant des nuées de vapeur tout autour d'eux.

– Voilà qui est mieux, dit Abéké.

– C'est sûr ! renchérit Conor.

Rollan, épuisé, ne réussit qu'à hocher la tête. Il se souvenait qu'il devait faire quelque chose, mais quoi ? Quelque chose qui impliquait Essix...

– Zhosur dit qu'il y a une clairière un peu plus loin, annonça Lishay. On sera à découvert. Il faudra traverser vite.

Elle repartit de son pas vif de chasseuse. Abéké cala son rythme sur le sien. Conor, bien que moins gracieux, s'adapta sans difficulté, mais Rollan était à la traîne. Tarik, qui fermait la marche, ne cessait de jeter des regards derrière lui, tandis que Lumeo, sa loutre totem, blottie contre son cou, surveillait les alentours avec soin.

– Je crois qu'on nous suit, lui murmura Tarik. Il faut qu'on reste vigilants.

Rollan trébucha à nouveau. L'air était-il brumeux ou avait-il une gêne aux yeux ? Il avançait dans une sorte de brouillard vert.

La clairière, aussi vaste que la place centrale de Concorba, était bordée de jeunes arbres et de fougères qui semblaient monter la garde. Elle était tapissée d'herbes à éléphant qui leur arrivaient à la taille et dont les plus hautes dépassaient Tarik.

Avant de s'engager, Lishay s'arrêta pour observer les lieux. Zhosur renifla le sol, la queue frémissante.

– Il sent une odeur de rhinocéros, déclara Lishay à voix basse. Mais ce n'est peut-être pas récent. Que voit Essix, Rollan ?

– Euh, quoi ?

Il fit un effort pour se concentrer, mais il avait du mal à rassembler ses idées.

– Où est Essix, Rollan ? Que voit-elle ? répéta Abéké.

Rollan leva la tête vers le ciel. Il ne parvenait pas à capter sa présence.

– Je ne sais pas très bien, marmonna-t-il.

Il épongea son front couvert de sueur et cligna des yeux. Un goût de chair d'oiseau lui emplit la bouche.

– Je crois qu'elle mange. Mais s'il y avait un danger, elle nous préviendrait, j'en suis certain.

– Notre chemin continue là-bas, entre ces gros arbres, expliqua Lishay en désignant l'autre bout de la clairière. Mais deux autres pistes débouchent sur cette clairière, une de chaque côté. Restez sur vos gardes. On va traverser en courant, le plus vite possible. Vous êtes prêts ?

Ils acquiescèrent d'un signe de tête. Personne ne remarqua que Rollan piquait du nez. Quand son menton toucha sa poitrine, il releva vivement la tête, et s'épongea de nouveau le front. « Comment se fait-il que je sois si fatigué ? », se demandat-il, troublé. C'était sans doute la chaleur. Dans la clairière, au moins, l'air circulerait mieux.

– Zhosur va passer en tête. Allons-y !

Le tigre bondit. Lishay et Abéké s'élancèrent derrière lui, puis Conor et Rollan. Tarik attendit, puis avança à bonne distance des autres, afin de surveiller les abords.

Arrivé au beau milieu de la clairière, Zhosur s'arrêta net et rugit.

Il y eut soudain tout un remue-ménage et des rhinocéros se dressèrent au milieu des herbes. Leurs cavaliers, des hommes et des femmes de petite taille, maigres et nerveux, sautèrent sur leur dos sans selle ni rênes. Ils étaient vêtus de tuniques de coton nouées sur la poitrine, qui laissaient leurs avant-bras et leurs pieds nus. Tous portaient de longs couteaux à la ceinture et une lance ou une sarbacane en bambou à la main.

Les rhinocéros – une soixantaine – étaient tels que Lishay les avait décrits : plus petits que la race niloaise, avec des cornes plus pointues et des yeux noirs vifs et intelligents.

Ils étaient cernés.

Tarik fut le premier à réagir. Il courut vers le rhinocéros qui se trouvait derrière lui, lança Lumeo dans les airs et, tandis que la bête stupéfaite donnait un coup de tête pour l'encorner, il plongea sous elle et ressurgit de l'autre côté. Il réceptionna alors Lumeo et donna une énorme claque sur la croupe du rhinocéros, qui fut si surpris qu'il s'éloigna d'un pas hésitant.

– Suivez-moi ! lança-t-il. Vite !

Conor appela Briggan et Uraza apparut en montrant les crocs. Mais les Caval-Rhinos avançaient, sarbacane à la bouche. Des dizaines de petites flèches volèrent à travers la clairière. Les Capes-Vertes tentèrent désespérément de les éviter, dansant, sautant, plongeant. Tout en restant groupés, ils essayèrent de rejoindre Tarik, resté en dehors du cercle.

Mais Rollan ne courait pas avec eux. Il se sentait fiévreux et ne comprenait rien de ce qui se passait autour de lui. Une flèche le toucha à la joue. Il la retira et se demanda pourquoi ils se fatiguaient à envoyer des fléchettes indolores. Puis il remarqua que la pointe était recouverte d'une matière noire et collante.

– Il y a du poison sur les flèches ! cria Lishay. Ne les laissez pas toucher votre peau !

Mais les flèches fusaient de toutes parts et même Lishay ne parvint pas à les éviter. Rollan sentit ses membres s'engourdir. Sa dernière vision, avant de perdre conscience, fut Tarik en train de courir à toutes jambes vers la jungle, poursuivi par plusieurs rhinocéros.

Des retrouvailles
inattendues

omment faites-vous pour trouver votre
chemin dans le labyrinthe ? demanda
Meilin, alors que Xue venait de tourner
à gauche sans la moindre hésitation.

Elle ne voyait de la vieille femme que son sac
à dos. De loin, on aurait dit une batterie de cuisine
sur pattes qui se déplaçait toute seule. Chaque

ustensile en métal était soigneusement attaché, de manière à ne pas tinter.

– Question d'habitude, répondit Xue, laconique.

– Quand arriverons-nous au Fort Sud ?

– Dans un petit moment.

Meilin ouvrit la bouche mais se ravisa. Elle avait compris que lorsque Xue ne voulait pas parler, insister ne servait à rien. La jeune fille jeta un regard derrière elle, afin de s'assurer que Jhi ne s'était pas arrêtée pour manger des pousses de bambou. Elle lambinait une trentaine de mètres plus loin, mais elle suivait. Quelques rats traversaient le sentier.

Soudain leur parvinrent des bruits de hache.

Meilin fit volte-face. Xue s'était figée et, parfaitement immobile, elle écoutait. Il n'y avait pas une seule hache, mais plusieurs. Les bambous abattus tombaient dans un froissement de feuilles.

– Qui ça peut être ? s'enquit Meilin, pensant aux Conquérants.

– On va voir, répondit Xue. Si on se sépare, Jhi pourra te conduire jusqu'au Fort Sud.

– Jhi connaît le chemin ?

– Je le lui ai expliqué pendant que tu dormais.

Xue descendit son sac de ses épaules et le cacha dans les bambous. Meilin admira son agilité, étonnante chez une femme aussi âgée.

– On va les épier...

– Ça ne peut pas être des loyalistes, dit Meilin à voix basse. Seuls des partisans du Dévoreur s'attaqueraient au labyrinthe...

Xue hocha la tête et porta le doigt à ses lèvres. Le bruit des haches était maintenant assez fort pour couvrir le son de leurs voix, mais la jeune fille obéit sans discuter. En se retournant, elle découvrit, surprise, que Jhi les avait rejointes. Jamais elle ne l'aurait crue capable de se déplacer si vite.

Xue et Meilin s'arrêtèrent à quelques mètres du croisement suivant. Le bruit des haches, entrecoupé de cris et d'ordres, était devenu assourdissant. Elles s'approchèrent discrètement.

Au bout d'une dizaine de mètres, le sentier se transformait en une large tranchée. Des centaines de coupeurs de bambous se suivaient à la file, tandis que d'autres hommes ramassaient les plantes tombées et les entassaient en piles, sans doute pour les brûler.

Ils étaient étroitement surveillés par des soldats, la plupart accompagnés d'animaux totems, qui n'hésitaient pas à utiliser le fouet dès que le rythme ralentissait. Comme lors de l'attaque de Jano Rion, ils ne portaient pas d'uniformes, mais Meilin n'eut pas le moindre doute.

– Quand on ne trouve pas de solution, on casse tout, dit Xue. C'est la tactique du Dévoreur. Nous devons...

Elle s'interrompit pour faire apparaître entre ses doigts les baguettes très pointues qu'elle avait utilisées la veille. D'un geste vif, elle tendit le bras par-dessus l'épaule de Meilin. Un cri fusa, puis un homme masqué et encapuchonné, en tenue de camouflage, s'écroula par terre.

Meilin pivota sur elle-même et leva sa canne de combat, juste à temps pour contrer la dague d'un deuxième attaquant. Elle lui porta ensuite un coup à la clavicule. L'homme laissa échapper un cri et lâcha sa dague. Son bras pendait, inerte.

Deux nouveaux assaillants surgirent soudain de nulle part. Meilin recula et observa le sentier. De gros clous avaient été enfoncés dans les tiges de bambous et des hommes se tenaient tapis en hauteur, prêts à sauter sur quiconque approchait. Une série de sifflements aigus retentit à travers la forêt de bambous, donnant l'alarme.

– Il faut filer, dit Xue en désignant le chemin de droite de ses baguettes maculées de sang. Maintenant !

Elles foncèrent droit devant elles. Les baguettes dansèrent, la canne vola, et les deux hommes s'écroulèrent, blessés. Les hommes perchés sur les bambous ne furent pas assez vifs et atterrirent derrière la vieille femme et la jeune fille.

Mais Jhi était restée derrière et elles étaient à présent séparées par une demi-douzaine de combattants.

– Jhi ! cria Meilin en levant le bras, espérant qu'elle pourrait se transformer en tatoo malgré la distance.

Mais Jhi ne réapparut pas sur son bras. En revanche, elle déracina calmement une tige de bambou qui mesurait une dizaine de mètres et, la tenant maladroitement entre ses pattes, elle la laissa tomber de tout son long vers la tête de leurs assaillants, qui l'évitèrent d'un bond.

Imperturbable, Jhi balança alors la tige dans les jambes des hommes, qui valsèrent comme des quilles. Puis elle lâcha la tige et, de son allure pataude, rejoignit Meilin qui écarquillait les yeux de surprise.

Mais ce n'était pas le moment de s'extasier. Les soldats avaient entendu les sifflements et une vingtaine d'entre eux accouraient, devancés par leurs animaux totems. L'attention de Meilin fut attirée par un bouquetin aux longues cornes, qu'elle était certaine d'avoir aperçu lors de la prise de Jano Rion.

– Fuyons, dit Xue.

– Il faut les ralentir, déclara Meilin. Jhi, peux-tu barrer le passage avec des bambous ?

Jhi coucha une tige en travers du sentier, puis une deuxième, et une troisième, qu'elle enchevêtra aux autres avec habileté. En quelques minutes à peine, elle en avait ajouté une demi-douzaine, et le chemin était complètement bloqué.

– Maintenant, on peut fuir, reprit Meilin.

Le panda couina en guise de protestation.

– Paresseuse ! s'exclama Xue.

Meilin fut d'abord déroutée. Puis elle éclata de rire et lui présenta son bras. Jhi disparut, et un tatouage se forma sur son bras.

Elles coururent longtemps. Xue s'orientait à travers le labyrinthe sans jamais hésiter. Les bruits de pas finirent par s'atténuer et Meilin se surprit à espérer que Xue ralentisse. Elle était à bout de souffle. Comment une femme aussi âgée pouvait-elle garder un tel rythme ?

Heureusement, Xue se mit à marcher.

– Tu vas bientôt arriver au Fort Sud, déclarat-elle. Tu tournes à gauche, puis à droite, et tu vas tout droit. C'est ici qu'on se quitte.

– Ah bon ? s'étonna Meilin. Et vous, vous allez où ?

– Moi, je repars chercher mon sac.

– Mais... l'ennemi...

– Je les contournerai, rétorqua Xue, comme s'il n'y avait rien de plus simple.

– Oh, fit Meilin. Je pensais que vous... viendriez avec moi. Avec nous. Je vous ai vue vous battre.

Vous pourriez m'apprendre beaucoup... et vous pourriez rejoindre les rangs des loyalistes...

– J'ai mes petites affaires, répondit Xue. Mais je reconnais que tu n'es pas trop maladroite. Si tu t'entraînes bien, je te prendrai peut-être comme élève.

Meilin cligna des yeux. On lui avait toujours dit qu'elle était exceptionnellement douée pour son âge... Une réplique cinglante lui monta aux lèvres, mais elle la ravala. Elle éprouvait pour la vieille femme un respect instinctif, au-delà de son habileté à manier les baguettes, de sa surprenante endurance ou de sa vivacité...

Tout à coup, l'évidence lui sauta aux yeux.

– Vous êtes une Tatouée ?

Un sourire édenté fendit le visage de Xue, qui dégrafa le haut de son corsage en soie. Dépassant d'une poche secrète, une souris blanche fit un clin d'œil à Meilin. Ses yeux noirs, pénétrants et malicieux, ressemblaient à s'y méprendre à ceux de Xue.

– Zap, présenta-t-elle.

La souris disparut et la vieille femme releva sa manche pour montrer son avant-bras.

– Bonne chance, Meilin et Jhi. Nous nous reverrons sans doute.

Meilin s'inclina. Lorsqu'elle releva la tête, Xue était partie.

*

Le Fort Sud était situé à huit cents mètres de là. Il avait été construit au cœur du labyrinthe, dans une vallée étroite où plusieurs sentiers se rejoignaient. Lorsque Meilin sortit de la pénombre des bambous, elle découvrit quelques huttes derrière une palissade en bois. Elle éprouva un profond soulagement à se retrouver à ciel ouvert.

– Halte !

Trois soldats se dirigeaient vers elle. Ils portaient l'armure rouge de l'armée régulière et l'un d'eux arborait un brassard de caporal.

– Je suis Meilin, fille de...

– Lâche ta canne et mets-toi à genoux ! aboya l'homme en lui coupant la parole.

– Jamais ! rétorqua-t-elle. Amenez-moi au commandant de ce camp !

Le caporal la foudroya du regard et dégaina son épée. Les deux autres l'imitèrent dans la seconde.

– Nous avons l'ordre d'exécuter quiconque sort du labyrinthe sans uniforme, déclara-t-il. Nous allons te tuer.

– Ne soyez pas stupide, rétorqua Meilin, tout en songeant qu'il avait l'air très bête avec ses petits yeux de cochon. Appelez un officier immédiatement !

– Je ne laisserai pas une paysanne me donner des ordres ! rugit-il. À genoux !

– Caporal, peut-être serait-il préférable de..., commença l'un des soldats.

– Silence ! ordonna le caporal en levant son épée. Intruse, agenouille-toi pour l'exécution !

– Je vous conseille vraiment d'appeler votre officier, soupira Meilin.

Elle leva à son tour sa canne. Elle savait précisément quels mouvements faire pour les terrasser tous les trois.

Mais elle n'attaqua pas. Quelques jours auparavant, elle les aurait jetés à terre, puis elle aurait couru se plaindre auprès du commandant du fort. Cette fois, elle contint sa colère et attendit, comme lorsqu'elle avait attendu que la nuit tombe sur le labyrinthe et qu'elle avait entendu le tintement de la louche de Xue. La patience était parfois la meilleure stratégie.

Le caporal n'eut pas la même sagesse. Il se jeta sur elle en brandissant son épée. Meilin s'écarta d'un geste souple et glissa sa canne entre ses jambes. Il trébucha et s'affala sur le sol en lâchant son épée.

— Attaquez ! croassa-t-il. Qu'est-ce que vous attendez ?

Les deux soldats s'entre-regardèrent.

— Attaquez ! répéta le caporal.

Le soldat rengaina au contraire son épée, prit un cor à sa ceinture et souffla deux fois. Deux sons identiques lui répondirent.

— Une patrouille avec un officier va arriver. Peux-tu répéter ton nom ?

— Meilin, fille du général Teng.

Les deux soldats échangèrent un regard horrifié, et le caporal étendu au sol grogna.

— Qui dirige ce fort ? demanda Meilin.

— Le... haut général, balbutia le soldat, au garde-à-vous.

– Le haut général comment ? insista-t-elle, s'interdisant d'espérer.

– Teng, bien sûr. Votre père.

Le soulagement la submergea. Il avait réussi à fuir Jano Rion ! Il était vivant !

– Menez-moi à lui, immédiatement !

– Vous êtes vraiment sa..., bredouilla le caporal. Je veux dire, vous êtes vraiment sa...

– Par ici, mademoiselle, l'invita le soldat, alors que la patrouille les rejoignait à petites foulées. Je serai très honoré de vous conduire près de lui.

Meilin le suivit, le cœur plein d'allégresse. Maintenant qu'elle savait qu'il était vivant, tout allait rentrer dans l'ordre. Ils allaient arracher le Zhong des griffes des Conquérants. Ensemble.

Une fois son identité révélée, tout alla plus vite, mais pas assez au goût de Meilin, qui attendait ce moment depuis si longtemps. Les soldats loyalistes l'escortèrent dans le fort. Elle fut saluée par le guet.

Son père se trouvait sur le terrain de parade, vêtu d'une armure pourpre et argent. Lorsqu'elle l'aperçut, ses yeux s'embuèrent. Elle avait envie de courir se jeter dans ses bras, mais une telle démonstration d'affection, en présence de ses officiers, l'aurait humilié. Il avait l'air fatigué et il était moins grand que dans ses souvenirs. Son uniforme était déchiré, son insigne avait disparu. De loin, elle ne l'aurait peut-être pas reconnu.

– Haut général..., commença le soldat, reculant en signe de respect.

Teng se retourna et écarquilla les yeux sous l'effet de la surprise.

– Meilin !

– Père !

Elle s'approcha à trois pas de lui et s'inclina.

Il s'approcha à son tour. Deux bottes boueuses entrèrent dans son champ de vision, puis des mains puissantes empoignèrent ses épaules et la relevèrent.

Ses yeux s'ancrèrent dans les siens. Elle y vit autant d'amour que d'inquiétude, et... des larmes sur le point de couler ? Impossible !

Dans un vertige, elle crut qu'il allait l'étreindre.

Puis il fit un pas en arrière et laissa ses bras retomber le long de son corps.

– Alors, tu es là. Comment cela se fait-il ? Tu es seule ?

Elle crut percevoir une nuance de reproche dans sa voix. Mais elle devait se tromper.

– J'ai quitté les Capes-Vertes pour venir défendre le Zhong. Je dois vous prévenir qu'un important bataillon de Conquérants est en train de tailler une tranchée à travers le labyrinthe.

Il hocha lentement la tête.

– Ton animal totem, Jhi, est toujours avec toi ?

Elle montra le tatouage sur son bras.

– Tu sais te battre avec elle et tirer profit de ses pouvoirs ?

– J'apprends, Père.

– Bien. Nous allons prendre le thé et je vais t'écouter. Moi aussi, j'ai... des choses à te dire.

– Mais, Père, les Conquérants...

Elle ne le comprenait pas. L'approche de l'ennemi ne l'inquiétait-elle donc pas ?

– Ils sont encore à plusieurs kilomètres, insista-t-elle, mais il y a une véritable armée ! Des centaines de soldats qui font travailler une main-d'œuvre plus nombreuse encore !

– Il faut plusieurs jours pour tailler des bambous sur un kilomètre. Général Chin ?

Son plus proche conseiller – qui était aussi son plus vieil ami – les rejoignit et salua Meilin d'un signe de tête. Elle remarqua que son uniforme, usé, semblait ne pas avoir été lavé depuis des mois. Elle éprouva un vif soulagement à le savoir vivant, mais si lui-même partageait ce sentiment, il n'en montra rien.

– Est-ce que je donne l'ordre de lever le camp, général ?

– Pas encore, mais commencez les préparatifs et doublez le nombre de soldats sur les sentiers au nord, ordonna son père. Penses-tu avoir été suivie, Meilin ?

– Je suis certaine que non. Nous avons été attaquées par des soldats en tenue de camouflage, mais nous les avons semés.

– Nous ?

– J'ai été aidée par une femme nommée Xue. Une Tatouée. Je pense qu'elle a appartenu aux Capes-Vertes il y a longtemps. Elle est âgée mais encore leste.

– Nous connaissons Xue, dit le général Teng. C'est une fidèle protectrice du Zhong. Je suis ravi

qu'elle t'ait aidée, même si cela m'étonne. Viens, nous allons discuter.

– Discuter de quoi, Père ? Je suis venue pour me battre à vos côtés. Dites-moi ce que je dois faire, je le ferai.

– Meilin, ce n'est pas si simple...

– C'est parfaitement simple !

– Meilin, ça suffit ! Rappelle-toi qui tu es.

Elle eut l'impression de recevoir une gifle. Ses joues lui brûlèrent. Elle savait parfaitement qui elle était et pourquoi elle avait accompli un si long voyage. S'il osait lui dire qu'une jeune fille de son rang ne pouvait pas se battre, elle était prête à lui prouver le contraire avec ses poings.

Avant qu'elle ait eu le temps de protester, des appels de cor retentirent plus haut dans la vallée. Quatre coups nets. Meilin connaissait ce signal, c'était une alerte.

Le général Chin eut un mouvement de surprise.

– Nous sommes découverts, constata sèchement le général Teng. Tous aux armes !

Des gongs prirent le relais du cor et leur son grave se répercuta en écho à travers les bambous.

Des soldats surgirent des bâtiments et s'alignèrent en rangs.

Teng se tourna vers le général Chin.

– Conduisez Meilin à l'entrée ouest et expliquez-lui comment rejoindre le Pharsit Nang. Nous allons tenir aussi longtemps que possible. Rendez-vous au camp d'approvisionnement du Sud-Est. Veillez à ce que ma fille ne fasse pas demi-tour une fois que vous l'avez laissée.

– Père, je ne partirai pas ! Pas cette fois ! s'exclama Meilin. Je suis une guerrière, je veux défendre le Zhong !

Il secoua la tête avec fermeté.

– Tu es une guerrière, oui, mais tu es aussi une Cape-Verte. Ta place est avec eux.

– Non, Père, avec vous !

Il l'attrapa à nouveau par les épaules et la força à le regarder.

– Non, Meilin. Nous avons été informés de la présence de Capes-Vertes au Pharsit Nang. Tu dois absolument les retrouver. Tu n'aurais jamais dû les quitter. Chin va t'indiquer comment t'y rendre. Va, maintenant !

Meilin ne le lâchait pas des yeux. Peu lui importait qu'il voie des larmes rouler sur ses joues. Comment pouvait-il la congédier de la sorte ? Elle ne voulait pas rejoindre les Capes-Vertes, elle ne les croyait pas capables de vaincre les Conquérants. Seul le Zhong en avait la force.

— Père, j'ai fait tout ce chemin...

— Ne me contredis pas ! S'il y a une chose dont je suis certain, c'est que les Quatre Perdues doivent être ensemble. Vous êtes notre seul espoir.

Il baissa la voix.

— Et puis, tu ne serais pas en sécurité avec nous.

— Quoi... Qu'est-ce que...

— L'ennemi nous a trouvés trop rapidement pour que ce soit un hasard.

Il chuchotait presque, à présent, de façon à n'être entendu que d'elle seule.

— Quelqu'un nous a trahis. De toute évidence, ils vous cherchent, Jhi et toi, et je ne veux pas qu'ils vous découvrent ici. Tu dois m'obéir, Meilin. Pars, et vite !

Elle fit un pas de côté, secouée. Une trahison ? Au sein des loyalistes ? Elle n'arrivait pas à y croire.

Mais elle devait lui faire confiance. S'il lui disait de retourner auprès des Capes-Vertes, ce n'était pas parce qu'il la jugeait trop faible, mais pour de bonnes raisons...

– Meilin, tu es encore là ! Je t'en supplie ! Fuis ! Comment peux-tu être aussi aveugle ?

Sa voix était si dure, son incrédulité si forte. Un frisson la parcourut, comme si on lui avait versé un seau d'eau glacée sur la tête.

Peut-être avait-il raison, la place de Jhi était avec Essix, Briggan et Uraza... donc celle de Meilin aussi. Malgré la mise en garde de Finn, elle avait abandonné les trois autres sur un coup de tête. Elle s'était laissé emporter par la colère et avait suivi ses désirs plutôt que sa raison.

Elle ravala ses larmes. Quitter son père alors qu'elle venait à peine de le retrouver lui déchirait le cœur.

– Oui, Père, chuchota-t-elle. Je pars sur-le-champ.

– Voilà qui est plus raisonnable, répondit-il d'une voix redevenue normale.

Lorsqu'elle se redressa, elle crut apercevoir l'ombre d'un sourire sur ses lèvres. Un sourire triste mais un sourire, malgré tout.

– Général Chin, je suis prête, déclara-t-elle. Adieu, Père.

– Adieu, Meilin.

Le général Teng rejoignit les soldats, qui sortaient déjà du fort, tandis que le général Chin entraînait Meilin dans la direction opposée, non sans jeter des coups d'œil inquiets vers la vallée. Meilin, elle aussi, se retourna. Chaque pas qui l'éloignait de son père était un véritable arrachement. Elle avait l'impression de laisser une part d'elle-même.

La bataille avait commencé. Un petit groupe de loyalistes formait un mur de boucliers à la sortie du labyrinthe. Mais pour chaque ennemi tué, trois autres se jetaient à l'assaut. Des archers grimpaient aux bambous à l'aide de piquets en fer. D'ici quelques minutes, une pluie de flèches allait s'abattre sur les soldats.

Seules l'étroitesse du sentier et la bravoure des loyalistes retenaient encore les assaillants. Le vent portait jusqu'à Meilin les cris et le fracas métallique

des armes et des boucliers qui s'entrechoquaient. Elle savait qu'ils ne feraient pas le poids, même avec le renfort de son père et de ses hommes.

– Si on a de la chance, on tiendra jusqu'à la tombée de la nuit et on pourra profiter de l'obscurité pour fuir, déclara Chin. Mais je ne comprends pas comment les Conquérants ont pu trouver si vite leur chemin à travers le labyrinthe !

– Je n'ai pas été suivie ! protesta Meilin, sur la défensive. J'en suis certaine ! Peut-être ont-ils des oiseaux totems, comme Essix, ce qui leur a permis d'établir une carte du labyrinthe...

– On a abattu tous les oiseaux, rétorqua Chin, avant de secouer la tête, comme pour chasser une pensée pénible. Allez, viens. Le Pharsit Nang est à deux jours de marche. Il faut qu'on se dépêche, pour que je puisse retourner me battre. Écoute bien mes consignes !

La fièvre purpurine

Abéké se réveilla avec un mal de tête lancinant. Elle avait soif et son estomac criait famine. Le soleil filtrait difficilement à travers les nuages lourds qui menaçaient à tout instant de déverser des trombes de pluie. Elle était allongée sur le côté au milieu d'herbes hautes et ne pouvait bouger ni bras ni jambes. Elle n'avait aucun souvenir de ce qui s'était

passé. Ses membres semblaient attachés. Mais comment...? Pourquoi...?

Soudain, la mémoire lui revint et elle poussa un gémissement consterné. Même avec l'aide de leurs animaux totems, les Capes-Vertes n'avaient pu éviter la pluie de flèches qui s'était abattue sur eux. Rollan avait été touché le premier, puis Conor. Les deux garçons s'étaient lourdement écroulés sur le dos, bras écartés. Lishay s'était précipitée vers Abéké, mais elle avait été fauchée en pleine course. Ses yeux avaient roulé dans leurs orbites, puis ses jambes avaient lâché, et elle était tombée la tête la première.

Abéké s'était souvenue qu'elle portait le Bélier de Granit et avait tenté de sauter pour fuir. Mais, alors qu'elle avait réussi à franchir le mur de rhinocéros, elle avait reçu une flèche au cou. Elle avait entendu Uraza hurler, quelque part en bas. Le monde s'était rétréci: les contours de sa vision s'étaient obscurcis, puis refermés sur elle, comme si elle regardait à travers un long tube noir. Dans un dernier sursaut de conscience, elle avait rappelé Uraza en tatoo, pensant qu'au moins, la panthère

serait à l'abri et qu'elle pourrait peut-être l'aider quand elle se réveillerait.

Si elle se réveillait...

Elle s'estima donc chanceuse d'être encore en vie, même si ses marges de manœuvre paraissaient assez réduites. Ses mains étaient attachées avec une cordelette en cuir et les liens qu'elle sentait sur ses chevilles avaient la rugosité du chanvre.

Roulant sur elle-même, elle découvrit Conor et Lishay étendus près d'elle, ligotés eux aussi, et réveillés. Rollan reposait sur le dos. Lui n'était pas attaché, mais il ne bougeait pas et son visage était extrêmement pâle. Il était très malade ou même...

— Rollan !

— Il respire encore, lui répondit Conor. Mais je suis très inquiet.

— Il devait déjà être malade avant de recevoir la flèche, dit Lishay. Ou alors, c'est qu'il a fait une réaction au poison...

— Il faut le soigner, déclara Abéké en se redressant et en se rapprochant maladroitement de lui. Vous savez où est Tarik ?

– Non.

– On ne le verra que s'il décide de se montrer, dit Lishay à voix basse.

Abéké regarda autour d'elle. Les herbes hautes les privaient de toute visibilité, hormis les cimes des arbres, au loin.

– Est-ce qu'on est toujours dans la clairière?

– Non, on nous a déplacés. Ils ont dû nous porter.

– Et s'ils nous livrent aux Conquérants en échange d'un avantage quelconque?

– Ce serait contraire à leurs coutumes, répondit Lishay. Ils ont leur propre façon de rendre la justice. J'imagine qu'ils vont nous soumettre à une épreuve. Et si on échoue, ils nous tueront.

– Mais puisqu'on n'a rien fait de mal! protesta Conor.

– S'ils voulaient nous tuer, intervint Abéké, ils l'auraient déjà fait, non?

– Difficile à dire. Je pense qu'on est restés inconscients pendant deux nuits.

Abéké secoua la tête, impressionnée. Deux nuits! Pas étonnant qu'elle ait la gorge si sèche.

– Amenez les prisonniers!

Le cri les fit sursauter. Des bruits de pas secouèrent le sol et une demi-douzaine d'hommes surgirent soudain. Trois d'entre eux aidèrent brutalement Lishay, Abéké et Conor à se lever, tandis que les trois autres soulevaient le corps inerte de Rollan, dont la tête dodelinait.

La clairière se révéla bien plus vaste que celle où ils avaient été capturés. Au milieu, sur un rocher grossièrement sculpté en forme de rhinocéros, se tenait un homme barbu, vêtu d'une tunique et d'un turban. Il portait une corne dorée en pendentif.

Jetant un regard circulaire derrière elle, Abéké découvrit des centaines d'hommes et de rhinocéros en rangs serrés.

– Je suis Jodoboda, déclara l'homme lorsqu'ils approchèrent. Chef des Tergesh, que vous appelez les Caval-Rhinos. Dites votre nom et écoutez votre sentence !

– Je suis Lishay, une Cape-Verte. Nous sommes venus pour...

– Juste votre nom !

– Je suis Abéké, déclara celle-ci fièrement. D'Okaihee.

– Je suis Conor. De nulle part en particulier.

– Et votre compagnon ?

– Il s'appelle Rollan. Il est malade, il a besoin...,
commença Lishay.

– Silence ! rugit Jodoboda. Un seul d'entre vous
a le droit de parler et ce sera... toi !

Il désigna Conor, qui avala péniblement sa salive.
Lishay l'encouragea d'un signe.

– Euh... on est des Capes-Vertes, commença-
t-il d'une voix hésitante. On n'a rien contre vous...
contre les Caval-Rhinos. On est à la recherche de
Dinesh l'Éléphant.

– Nous sommes les Tergesh. Saviez-vous que
vous étiez sur nos terres ?

– Euh, oui, mais on croyait pouvoir... euh...
passer inaperçus...

Abéké serra les poings mais garda un visage
impénétrable. Elle espérait contrebalancer la mauvaise impression produite par Conor en ne montrant
pas le moindre signe de faiblesse.

– On n'a pas de temps à perdre, continua le
garçon, parce que les Conquérants, les partisans

du Dévoreur, le recherchent aussi. Ils ont envahi le Kho Kensit, et ils ont déjà pris Xin Kao Dai.

– Nous savons cela. Que vous ne soyez pas des Conquérants est un point en votre faveur.

– On aimerait pouvoir continuer à chercher Dinesh. Et on a besoin d'aide pour soigner Rollan. Il est malade...

– Les Tergesh ne laissent personne pénétrer sur leur territoire.

– Savez-vous où il se trouve ? balbutia Conor.

– Oui, répondit Jodoboda, mais je n'ai aucune raison de vous le dire. Pourquoi vous aiderais-je ?

– Parce qu'un enfant va mourir et que les Tergesh sont un peuple respectable, pas des monstres !

Une onde de surprise parcourut l'assemblée. La voix s'était élevée dans leurs rangs.

Jodoboda battit des cils. Les poils de son menton frémirent.

– Qui a parlé ? tonna-t-il. Avancez immédiatement !

Un homme vêtu d'une tunique se fraya un passage au milieu de la foule. En s'approchant, il ôta son turban.

Le visage de Lishay s'éclaira.

– Tarik ! s'exclama Conor. Comment vous nous avez retrouvés ?

Le cri perçant d'un faucon retentit dans le ciel. Essix survola la clairière avant d'atterrir sur l'herbe, à côté de Rollan. Puis elle avança à petits pas et monta sur son corps inerte.

– Qu'est-ce..., bredouilla Jodoboda.

Il fit un geste des deux mains : l'assemblée de ses hommes se resserra.

Ils étaient maintenant encerclés par les Caval-Rhinos.

– Loin de nous l'idée de vous offenser, déclara Tarik en s'inclinant très bas. Nous n'avons pas de mauvaises intentions. Laissez-nous passer et nous vous donnons notre parole qu'il ne vous sera fait aucun mal.

– Aucun mal ?

La tête renversée en arrière, Jodoboda partit d'un grand rire, comme s'il n'avait jamais rien entendu d'aussi drôle.

Son rire s'étrangla lorsqu'une silhouette menue, surgie derrière lui, plaqua un couteau contre sa gorge.

— Comme l'a dit mon ami, vous avez notre parole.

Abéké écarquilla les yeux de surprise.

— Meilin! s'écria Conor. Qu'est-ce...? Comment?

— Vous ne voulez pas nous offenser, dites-vous? demanda Jodoboda à voix basse, avec un calme étonnant pour quelqu'un menacé d'un couteau. Mais vous êtes montée sur le Roc du Peuple, ce qui est tout sauf respectueux. Si vous voulez parler, commencez par descendre.

Meilin hésita. Soudain, elle aperçut Rollan étendu par terre. Elle plissa les yeux et appuya plus fortement la lame contre la gorge du chef tergesh.

— Qu'avez-vous fait à Rollan? cria-t-elle.

— Rien! se dépêcha de répondre Abéké. Il est malade. Les Caval-Rhinos n'y sont pour rien. Discutons tranquillement!

Meilin sollicita Tarik, qui acquiesça d'un hochement de tête. Malgré ses réticences, elle retira son couteau.

— Vous voyez, nous sommes de bonne foi, déclara Tarik, tandis que la jeune fille descendait prestement du rocher.

Elle s'agenouilla près de Rollan et posa la main sur son front, puis elle leva les yeux vers les deux autres. Conor lui fit discrètement un signe de la main, et Abéké de la tête, mais les effusions durent s'arrêter là. Le temps des retrouvailles et des explications viendrait plus tard.

– Je vois, dit Jodoboda en se frottant légèrement la gorge. Pour cette raison, entre autres, nous allons vous aider.

– Vous allez nous emmener auprès de Dinesh et guérir Rollan ? demanda Conor, plein d'espoir.

– Non, nos coutumes nous l'interdisent. Vous devez d'abord passer une épreuve. Mais si vous la réussissez, nous vous donnerons toutes les indications dont vous avez besoin.

– Drôle de façon de nous aider ! s'insurgea Meilin en portant la main sur le manche de son couteau.

– Quelle épreuve ? s'enquit Conor, la gorge nouée.

Jodoboda lissa sa barbe. Ses yeux creux s'attardèrent sur Rollan, dont le visage, très pâle, était moucheté de taches rouges.

– Vous devez rapporter quatre calebasses des marécages sans fond. Une pour chacune des Quatre Perdues.

– Des calebasses ? s'étonna Conor. Euh... c'est tout ?

– Vous vous moquez de nous ! s'exclama Meilin.

– Pas du tout, je suis très sérieux, rétorqua Jodoboda d'un air sévère. Votre ami a attrapé la fièvre purpurine. Il n'existe qu'un seul remède, qui se prépare avec les graines des calebasses. S'il ne le prend pas demain avant la tombée de la nuit, il mourra.

Tous les regards se fixèrent sur Rollan. Les taches, sur son visage, étaient d'un rouge violacé. Il transpirait à grosses gouttes et sa respiration était saccadée.

– Il mourra ? répéta Meilin d'une voix anxieuse. Il n'y a pas une minute à perdre, il faut partir sur-le-champ !

– Attends, intervint Tarik. Est-ce que Jhi ne peut pas l'aider avec ses dons de guérisseuse ?

– Bien sûr, répondit Meilin.

Le panda apparut dans un éclair de lumière. Il jeta un regard à Rollan, poussa un soupir, puis entreprit de lécher son visage. Le jeune garçon grogna et remua, ce qu'il n'avait pas fait depuis longtemps.

– Comment avez-vous pu laisser son état se dégrader à ce point ? s'exclama Meilin.

– Nous... je... ne m'en suis pas rendu compte, dit Abéké à voix basse, honteuse. Il ne se plaignait pas...

– J'aurais dû faire plus attention, déclarèrent Lishay et Tarik d'une même voix.

– Les soins de Jhi font déjà de l'effet, remarqua Abéké. J'ai l'impression que ses rougeurs s'atténuent...

Cependant, même si les taches s'estompaient, elles restaient visibles.

– Ton animal totem l'a soulagé, mais seules les graines de calebasse pourront le guérir, dit Jodoboda. Nous reviendrons demain, avant la tombée de la nuit. Vous n'aurez qu'à apporter les calebasses ici. Si vous réussissez, nous vous emmènerons au lac de l'Éléphant. En revanche, si vous échouez, votre ami mourra et nous vous expulserons de notre territoire.

– Où se trouvent les marécages sans fond ? s'enquit Conor.

Le chef sourit d'un air triste.

– C'est votre épreuve, pas la mienne.

Il se dirigea vers un rhinocéros, sauta sur son dos, empoigna une chaîne scellée à la base de sa corne et lui donna une petite tape sur le flanc. Puis il tendit la main en direction de l'ouest. Comme un seul homme, les Caval-Rhinos grimpèrent sur leur monture et désertèrent les lieux dans un concert de grognements et de barrissements.

Tarik délivra Abéké, qui l'aida à son tour à détacher les autres. Meilin resta près de Rollan, la main posée sur le cou de Jhi, qui continuait à lécher la tête du malade.

– Lishay, demanda Abéké, vous savez dans quelle direction partir ?

– À peu près, oui. On ferait bien de ne pas traîner. Tarik, tu préfères peut-être rester avec Meilin ?

– Je ne sais pas. Je doute que les Caval-Rhinos aient laissé la clairière sans surveillance. Meilin peut suffire.

Le faucon redressa la tête et poussa un cri perçant.

– Avec Essix et Jhi, bien sûr, compléta Tarik. Sans compter que vous aurez peut-être besoin de moi et de Lumeo dans les marécages...

– Pour cueillir des calebasses ? s'étonna Abéké. Qu'est-ce qui pourrait poser problème ?

Personne ne répondit.

– Avant de partir, dit nerveusement Conor, les yeux rivés sur la jeune Zhongaise, je... je voudrais te demander... pourquoi tu es revenue...

Elle se releva et se tourna vers lui. L'air se chargea soudain d'électricité. Abéké fit un pas, prête à s'interposer. Elle ne les laisserait pas se disputer. Pas encore. Pas maintenant.

Mais il n'y eut pas besoin d'intervenir.

– Je... j'ai fait une erreur, reconnut Meilin. Je n'aurais pas dû vous quitter.

– Oh...

Conor rougit jusqu'aux oreilles, mais il ne baissa pas les yeux et, pour la première fois depuis longtemps, il ne se confondit pas en excuses.

– Je suis content. Tu as pu retrouver ton père ?

Elle acquiesça d'un geste, puis, d'un brusque mouvement de tête, lui fit comprendre qu'elle ne voulait pas s'étendre sur le sujet.

– Je me suis perdue en route. Une Tatouée m'a sauvée quand j'étais dans le Grand Labyrinthe de

Bambous. Je pense que c'est une ancienne Cape-
Verte. Elle s'appelle Xue.

– Xue! s'exclama Tarik, surpris.

– Vous la connaissez?

– Je la croyais morte. Xue a quitté les Capes-
Vertes quand j'étais jeune. Elle disait qu'on parlait
trop et qu'on n'agissait pas assez.

– Elle avait raison, déclara Meilin, les yeux bais-
sés sur Rollan. C'est toujours le cas, on passe trop
de temps à parler.

– Oui, approuva Lishay. Allons-y!

Abéké et Conor se regardèrent, puis regardèrent
Meilin. Ils étaient à peine réunis qu'ils devaient
déjà se séparer. N'était-ce pas risqué? Ils avaient
l'impression de provoquer le destin.

– Bonne chance, leur dit Meilin, reportant son
attention sur Rollan et Jhi.

– Toi aussi, dit Conor. Veille bien sur lui.

– On revient vite, promit Abéké.

Des eaux dangereuses

On ne peut pas aller plus loin sans l'aide de nos animaux totems, déclara Tarik en inspectant du regard les marécages qui s'étendaient devant eux.

Pendant la dernière heure de marche, la jungle était devenue moins dense, le sol plus pentu et plus humide. Ils se trouvaient maintenant face à une vaste étendue d'eau stagnante parsemée de petits îlots boueux, entourés de grosses touffes d'herbes aquatiques. Des champignons colorés recouvraient la moindre surface. Conor ne put en identifier aucun, mais il aurait été prêt à jurer qu'ils étaient vénéneux.

– Ça ne va pas plaire à Uraza, dit Abéké en invoquant la panthère.

– À Briggan non plus, renchérit Conor.

– Peut-être, mais on a besoin d'eux, rétorqua Lishay.

Elle gratta Zhosur derrière les oreilles et le tigre se mit à ronronner comme un chat.

– Sur quoi poussent les calebasses ? s'enquit Conor.

– Des genres de palmiers, répondit Lishay. Il doit y avoir une île plus grande. Ils ne peuvent pas pousser dans un marais comme celui-là.

– Je me demande si Briggan serait capable de les trouver à l'odeur, dit Conor.

Il se pencha vers le loup et le regarda dans les yeux.

– Tu connais les calebasses, toi ?

Briggan lui lécha le visage. Conor recula en riant. Il n'avait pas ri depuis longtemps. Le retour de Meilin l'avait libéré d'un grand poids.

– Ça veut dire quoi, ça ? Tu nous montres le chemin ?

Le loup tourna sur lui-même, puis s'avança dans les marécages en reniflant le sol.

– Je pense qu'on devrait le suivre si on ne veut pas s'enfoncer, dit Conor.

Ils se résignèrent à entrer dans l'eau et rejoignirent Briggan avec précaution. Zhosur ne semblait pas craindre l'eau, mais dès le premier contact, Uraza feula. Elle marcha en levant les pattes le plus haut possible.

– Finalement, ça va, constata Abéké.

– Il faut dire que Briggan se débrouille comme un chef, s'enorgueillit Conor.

L'instant suivant, le loup disparaissait dans de grandes éclaboussures. Il réapparut à la surface et pédala avec force pour rejoindre la terre ferme.

– Je n'aurais pas dû le distraire, dit Conor dans un élan de loyauté.

– Il y a trop d'eau, déclara Tarik. Il ne peut plus sentir le chemin. À toi de jouer Lumeo.

La loutre gloussa, puis sauta de l'épaule de son maître et se jeta à l'eau, aussi à l'aise qu'un poisson. Elle plongea plusieurs fois sous la surface, fit plusieurs allers-retours le long de la file des Capes-Vertes, puis elle prit la tête, alternant la nage et la marche.

Quelques kilomètres plus loin, ils aperçurent plusieurs îles, plus larges et plus hautes. Mais il n'y avait pas un seul calebassier en vue.

– Le soir tombe, dit Conor en levant les yeux vers le ciel. On ferait mieux de se poser sur une île et d'y passer la nuit.

– Je ne crois pas que ce soit une bonne idée, protesta Lishay.

– On ne va quand même pas continuer à marcher dans le noir ?

– Regardez ! s'exclama Tarik en désignant Lumeo.

La loutre se tenait debout sur ses pattes arrière, la tête inclinée sur le côté. Le loup se mit à gémir et à tourner autour de Conor. Les deux félins dressèrent les oreilles et grondèrent.

Plissant les yeux, ils distinguèrent au loin des lueurs de torches. Et des silhouettes.

– Des gens qui traversent le marécage, murmura Tarik. Curieux...

– Ce ne sont pas des Caval-Rhinos, affirma Conor, certain que Briggan aurait reconnu leur odeur.

– J'ai l'impression de voir une ombre dans l'eau, ajouta Tarik.

Lumeo, tout ruisselant, grimpa sur l'épaule de son maître et scruta les marécages.

– Il y en a même plusieurs, insista le Cape-Verte. Et elles se déplacent vite...

– Peut-être des crocodiles, suggéra Lishay. Mais ici, ils ne sont pas très gros et ils n'attaquent pas les hommes...

– À moins que la Bile n'ait modifié leur comportement, répliqua Tarik.

– Ils foncent droit sur nous ! s'écria Abéké, inquiète. Ça ne peut pas être un hasard !

– Est-ce qu'on ne devrait pas se réfugier sur une île ? demanda Conor d'une voix anxieuse.

– Tu as raison. Lumeo, trouve-nous un chemin vers celle-là ! ordonna Tarik en montrant du doigt une île voisine, qui disparaissait déjà dans le crépuscule.

Ils se sentirent plus rassurés une fois sur la terre ferme. Mais l'île, déserte, n'offrait que quelques palmiers déplumés en guise de protection.

– On ne voit rien, dit Conor.

– Connecte-toi à Briggan, conseilla Tarik. Toi aussi, Abéké, demande l'aide de ton totem. C'est ce que je fais avec Lumeo.

– Et moi avec Zhosur, renchérit Lishay. Même si chacun a une relation différente avec...

Elle ne termina pas sa phrase. Alertée par un bruit d'éclaboussures, elle porta la main à son épée. Au même instant, deux énormes crocodiles surgirent de l'eau et remontèrent la rive boueuse. Ils mesuraient plus de quatre mètres de long, leurs muscles étaient hypertrophiés, leurs yeux engoncés et rouges. « Ce ne sont pas des animaux totems ! », pensa Conor en les voyant fondre sur eux.

Zhosur bondit par-dessus le crocodile le plus proche et enfonça ses crocs dans sa patte arrière gauche, tandis qu'Uraza se chargeait de la droite. L'animal agita la queue et chercha à les mordre, mais ils tinrent bon. Tarik en profita pour lui enfoncer son épée dans la gueule.

Briggan s'attaqua au deuxième. Il sauta sur le côté pour échapper à un coup de dents, puis l'entraîna au centre de l'île, ce qui permit à Conor de lui frapper l'arrière-train avec sa hache.

Abéké encocha une flèche et visa les yeux, mais elle rata sa cible et la flèche ricocha contre l'épaisse carapace. Le crocodile tenta de nouveau de mordre Briggan, qui faillit y laisser la queue mais réussit à lui échapper de justesse. Emporté par son élan, le crocodile percuta un arbre.

Sans réfléchir, Conor lui grimpa sur le dos. L'animal recula, déstabilisant le garçon. En équilibre précaire, celui-ci brandit sa hache et l'enfonça profondément dans la tête du reptile, juste derrière les yeux.

À sa grande horreur, le coup ne le tua pas, mais le rendit plus enragé encore. Il balança la tête dans tous les sens en vagissant, puis roula sur le dos. Conor s'écarta juste à temps et s'empara de son couteau.

Le crocodile se retourna sur lui-même et avança, la hache toujours plantée dans sa tête. Conor ne le quittait pas du regard, prêt à bondir sur le côté pour l'éviter.

Soudain Abéké surgit près de lui et tira à bout portant dans l'œil gauche, puis dans le droit, avec une telle puissance que ses flèches s'enfoncèrent jusqu'à l'empenne de plumes. Le crocodile fit quelques pas en titubant, puis il s'écroula à leurs pieds.

Tarik les rejoignit et aida Conor à retirer sa hache de la tête du crocodile mort. Ses muscles tordus étaient durs comme de la pierre.

– Vite ! les pressa Lishay, qui observait les marécages, debout sur l'autre crocodile. Coupez des branches pour en faire des bâtons et filez. Il y en a d'autres qui arrivent.

La hache se dégagea dans un horrible bruit de succion. Tarik donna une tape sur l'épaule de Conor, puis rejoignit Lishay.

– Continuez dans la même direction, dit-il à Conor et à Abéké. On va attirer les autres

crocodiles sur une fausse piste et on vous rejoindra plus tard.

– Ce n'est pas dangereux ? s'enquit Abéké.

– Ne t'inquiète pas, la rassura Lishay. Si vous restez cachés, vous ne craignez rien.

Abéké sourit dans la nuit.

– Je parlais de vous.

Tarik lui sourit en retour. Il échangea un regard complice avec Lishay, qui hocha la tête, puis ils coururent à l'autre bout de l'île et pénétrèrent dans l'eau en criant et en éclaboussant. Des vagissements fusèrent en réponse. Conor et Abéké virent la ligne des torches prendre la direction des deux Capes-Vertes.

– Ils ont l'air de bien s'amuser, remarqua Conor, légèrement dépassé.

– On peut tout affronter quand on est avec un ami, répondit Abéké.

Conor, mal à l'aise, se balança d'un pied sur l'autre. Faisait-elle allusion à sa trahison ? Il repensa malgré lui à la rancœur de Rollan. Le retour de Meilin allait-il suffire à recoller les morceaux ? Et si Rollan mourait avant qu'ils aient pu se réconcilier ?

— Coupe des bâtons le plus discrètement possible, lui dit Abéké. Uraza et moi, on monte la garde.

Conor choisit l'arbre le plus proche et se mit à l'ouvrage, gardant sa hache à hauteur de sa tête afin de limiter le bruit. Au moindre craquement, un frisson lui parcourait l'échine. Même s'il savait qu'Abéké veillait, il s'attendait à chaque instant à sentir les dents d'un crocodile sur ses mollets.

Jamais il n'avait coupé des bâtons aussi vite. Il en tendit un à Abéké, puis ils traversèrent l'île.

— Tu sais quelle direction prendre ? s'enquit-il. J'ai perdu tous mes repères.

— Par là. Regarde les étoiles. On marchait vers la Trompe de l'Éléphant... Tu la vois ?

Conor leva les yeux et scruta le ciel. Une série d'étoiles formait un motif qui évoquait effectivement une trompe d'éléphant. Il n'avait jamais entendu parler de cette constellation.

— C'est peut-être un signe de chance..., chuchota-t-il.

Néanmoins, quelques nuages couvraient le ciel et la lumière n'était pas assez forte pour laisser apercevoir une bête en train de ramper vers eux.

Briggan lui donna un petit coup de museau dans la hanche. Conor regarda le loup, intrigué.

– Attends, Abéké... Tu te souviens, Tarik nous a conseillé de nous connecter à nos totems !

– Mais oui, bien sûr !

Elle passa le bras autour du cou de sa panthère. Conor s'accroupit près du loup et l'imita.

– Ferme les yeux, ajouta-t-il. Demande-lui de t'aider...

Lorsqu'il rouvrit les yeux, Conor laissa échapper un cri de stupeur. Les marécages semblaient soudain éclairés par une étrange lumière bleue. Celle-ci n'était pas assez puissante pour projeter des ombres, mais il voyait mieux et plus loin.

Son odorat aussi s'était affiné. Il sentait l'odeur de Briggan, de toutes sortes de plantes, d'Uraza, d'Abéké, et même la sienne. Il fronça le nez et retint de justesse un éternuement.

Le loup l'observait, la langue pendante, comme amusé par sa réaction.

– Ça a fonctionné ? l'interrogea Abéké.

– Oui ! Et toi ?

– Je ne sais pas, hésita-t-elle.

Uraza frotta sa tête contre la sienne.

– Il fait plus clair, mais... C'est bizarre... Je pense qu'il va me falloir du temps pour m'y habituer. Je préfère que tu passes en premier.

Ils pénétrèrent dans l'eau. À chaque pas, Conor tâtait le sol avec son bâton, aussi bien devant lui que sur les côtés. Leurs deux animaux totems les suivaient à contrecœur : Uraza sifflait et Briggan grondait dès que le niveau de l'eau montait ou qu'il fallait passer au milieu de plantes aquatiques.

Ils marchèrent ainsi pendant plusieurs heures. À un moment, alors qu'ils gravissaient la berge d'une grande île, Conor aperçut au loin les silhouettes sombres d'arbres se découpant dans la nuit. Même s'il n'aurait pas su dire à quelle distance ils se trouvaient, il sentit l'espoir renaître en lui.

– On devrait se reposer, dit-il à voix basse. On reprendra à l'aube.

– D'accord. Je monte la garde en premier.

– Tu es sûre ? Tu ne crois pas que Briggan et Uraza peuvent veiller sur nous ? J'imagine que tu es aussi fatiguée que moi... Je tiens à peine debout !

– Je ne suis pas si fatiguée, protesta Abéké, un peu raide.

– Bon, très bien, dit-il, même s'il en doutait.

Il ne voyait aucune honte à être épuisé. En outre, ils ne pourraient pas aider Rollan s'ils n'avaient plus de force.

Il s'allongea sur l'herbe dans un soupir, sa hache à portée de main. Deux sangsues gorgées de sang tombèrent de son poignet ; il ne les avait même pas remarquées.

– Au fait... comment tu sauras qu'une heure est passée ?

– Grâce aux étoiles.

– Réveille-moi dans une heure, alors.

Il gratta Briggan sur la tête. Le loup se mit à grogner de contentement et s'étendit près de lui, chaud et réconfortant. Conor sombra aussitôt dans un profond sommeil.

Seule

Quand tout le monde fut parti, un profond silence s'étendit sur la clairière. Jhi cessa de lécher la tête de Rollan et s'allongea près de lui, une patte posée sur sa poitrine, là où Essix se tenait quelques instants plus tôt. Celle-ci, qui ne voulait pas quitter Rollan, vint se jucher sur l'épaule du panda.

Meilin était réduite à l'impuissance.

Elle n'avait rien à faire, sinon tourner autour du rocher afin de s'assurer qu'aucun ennemi ne s'y cachait. Devait-elle considérer les Caval-Rhinos comme des ennemis ? Elle n'en savait rien. Ce qui était sûr, c'est qu'ils n'étaient pas leurs alliés. Elle soupçonnait même Jodoboda de leur avoir joué un sale tour en les envoyant courir après quelque chose qui, en fin de compte, ne servirait à rien.

«Vous êtes notre seul espoir», lui avait dit son père. Mais en quoi lui était-elle utile, coincée dans cette clairière à se tourner les pouces ?

L'inaction lui pesait tellement qu'elle en venait presque à souhaiter être attaquée...

Elle retourna près de Rollan et l'observa. Grâce à Jhi, les rougeurs de son visage avaient diminué, mais il paraissait toujours aussi mal en point. Elle n'osait pas imaginer ce qui se passerait si le prétendu remède de Jodoboda n'agissait pas.

– J'espère que ces graines de calebasse vont vraiment te guérir, Rollan, dit-elle d'une voix où perçait l'angoisse.

Elle sursauta lorsqu'elle le vit entrouvrir un œil.

– Oi si.

Elle mit un moment à comprendre que ça voulait dire «moi aussi».

Elle s'agenouilla près de lui.

– Tu veux de l'eau?

Il secoua légèrement la tête, l'autre œil toujours fermé.

– Ué eu u, murmura-t-il, ce qu'elle interpréta comme: «tu es revenue».

– Ne parle pas, ordonna-t-elle. Garde tes forces!

– Froid, dit-il, clairement cette fois.

Meilin fronça les sourcils. Il régnait dans la clairière une chaleur étouffante. Mais, apercevant le sac de Rollan, elle en sortit une couverture et l'en recouvrit.

– C'est mieux? s'enquit-elle avec anxiété.

Il ne répondit pas. Jhi remua, puis recommença à lui lécher la tête.

Meilin aurait vraiment aimé pouvoir soulager Rollan. Certes, il était impulsif, il manquait de discipline et de sens du devoir (il n'avait toujours pas décidé de rejoindre les Capes-Vertes!). Mais elle savait que, dans la situation inverse, il aurait trouvé un moyen de l'aider à se sentir mieux, ne serait-ce que, simplement, en la faisant rire. Enfin, en essayant de la faire rire. Ses blagues n'étaient pas toujours des plus fines...

Un bruissement se fit entendre. Meilin se releva d'un bond, sa canne à la main. Le haut des herbes bougeait. Était-ce le souffle du vent ou quelque chose qui approchait?

Essix s'envola dans un cri pour observer la situation de haut.

Même si le faucon ne donna pas l'alerte, Meilin serra sa canne plus fort et se mit en position de défense.

Mais ce n'était pas un tigre, et ça ne bondissait pas.

C'était Xue, avec son énorme chargement.

– Xue! s'exclama-t-elle. Je ne pensais pas vous revoir!

– Et pourquoi?

– Euh, je... je ne sais pas, avoua-t-elle. Que faites-vous ici?

– Je vends des marmites aux Tergesh.

Elle posa son sac et se redressa lentement, les mains sur les hanches.

— Ils se réunissent ici, à cette époque de l'année. Enfin, d'habitude, ajouta-t-elle, jetant un regard circulaire à la clairière déserte.

— Ils vont revenir demain, expliqua Meilin. Mes amis sont partis passer l'épreuve imposée par leur chef, Jodoboda.

— Ah, les Tergesh et leurs épreuves...

Elle se pencha pour examiner Rollan. Dans un réflexe protecteur, Essix atterrit à côté d'elle et sautilla jusqu'à la poitrine du garçon.

— Oh, c'est un des quatre élus, n'est-ce pas? demanda Xue. La fièvre purpurine. Mauvais, ça. Tu as des graines de calebasse?

— Non, mais les autres devraient en rapporter bientôt... C'est vraiment le remède?

— En partie. Il n'a pas de chance. Sans doute une piqûre d'insecte qui s'est infectée... Il faut qu'on le déplace près du rocher.

— Pourquoi? s'étonna Meilin.

— Il va pleuvoir, répondit Xue en désignant le ciel. On va s'abriter là-bas.

— Mais la pluie est chaude! protesta-t-elle, déroutée.

– Il ne va pas la trouver chaude, lui.

Elle ouvrit le haut de son sac et fouilla à l'intérieur, puis en sortit un tissu de soie imperméable soigneusement plié, une fine cordelette et plusieurs piquets de tente. Elle se dirigea vers le rocher et confectionna un abri de fortune en accrochant le tissu à la corne du rhinocéros en pierre.

– Prends ses jambes, indiqua-t-elle à Meilin en passant les bras sous les épaules de Rollan. Essix, envole-toi. C'est trop lourd !

À la grande surprise de Meilin, Essix obéit, puis se percha sur la corne du rhinocéros et les regarda transporter Rollan. Jhi, qui les suivait de son pas lourd, s'installa sous la tente à côté du garçon, occupant tout l'espace libre.

– Ah ah ! gloussa Xue. Madame n'aime pas se faire mouiller !

À peine avaient-elles étendu Rollan qu'il se mit à pleuvoir des trombes d'eau. Meilin s'accroupit dos au rocher. Xue alla chercher son sac, fouilla à nouveau à l'intérieur et en retira un magnifique parapluie en papier enduit de paraffine, décoré d'une souris en train de danser.

— Tarik... le Cape-Verte qui nous accompagne, commença Meilin avec hésitation. Il a entendu parler de vous. Vous avez pris votre retraite il y a des années... C'est ça ?

— Il n'y a pas de retraite pour les Capes-Vertes. Disons que j'ai pris un long congé. Sans doute le moment est-il venu de reprendre du service... Les jeunes ne sont pas si bien armés que ça...

— Mais... on débute ! protesta Meilin. Et on ne s'en sort pas si mal ! On a déjà le Bélier de Granit. Et même si on a perdu le Sanglier de Fer, c'était... pour une vraie bonne raison...

Xue fit entendre un petit rire aigu.

— Pas vous ! Olvan, Lenori... Ils oublient toujours ce que je leur ai appris.

— Ah ? s'exclama Meilin, songeuse à l'idée qu'Olvan et Lenori aient pu être des élèves, comme elle.

De mauvais élèves, qui plus est. Impensable !

— Faisons un feu pour le thé, reprit Xue, changeant volontairement de sujet. Tiens, va ramasser des bouses de rhinocéros séchées avant qu'elles

soient trop mouillées. Il y en a plein à la lisière de la jungle, sous les arbres.

– J'y vais, dit Meilin en se redressant.

Cinq minutes plus tard, alors qu'elle ramassait les bouses les plus sèches, elle se demanda pourquoi elle avait été si prompte à obéir. Elle n'aurait jamais imaginé qu'elle ramasserait un jour des bouses... même si les bouses sèches n'étaient pas très différentes de bouts de bois.

Mais elle voulait gagner le respect de Xue et elle était prête à faire ce qu'il fallait pour y parvenir.

La pluie perdit de son intensité, puis cessa. Les nuages se dispersèrent et Meilin aperçut le soleil se coucher derrière la crête des arbres. Sur les conseils de Xue, elle forma une pyramide avec les bouses séchées dans un endroit protégé du vent, à quelques mètres de l'abri. Puis Xue y mit feu grâce à un papier huilé et un allume-feu mécanique : un magnifique œuf en émail en deux parties qu'il fallait tourner quinze fois sur lui-même. Meilin songea qu'il n'aurait pas déparé le cabinet à merveilles de son père.

– C'est gentil de veiller sur lui, dit la vieille femme en hochant la tête d'un air approbateur.

– Il faut bien que quelqu'un le fasse, rétorqua-t-elle dans un soupir. Jodoboda dit qu'il mourra demain au coucher du soleil s'il n'a pas le remède.

– C'est vrai, confirma Xue.

Elle sortit un pot de riz de son sac, de la viande séchée (du rat, sans doute), plusieurs flacons d'herbes, et se mit à préparer le repas.

– Après avoir mangé, nous dormirons, ajouta-t-elle. Essix et Jhi veilleront sur nous... avec Zap.

Elle dégrafa le haut de sa veste. La petite souris, réagissant à son nom, bondit hors de la poche et se dirigea vers Meilin, qui tendit la main, puis la leva à hauteur de son visage pour mieux la voir dans la lumière du crépuscule. Elle était entièrement blanche, mais contrairement aux albinos, elle n'avait pas les yeux rouges. Son regard était vif, profond et très complice.

– Je croyais que seuls les animaux féroces avaient de l'intérêt, avoua Meilin en la reposant délicatement au sol.

Zap courut vers Jhi et s'assit à côté de ses pattes avant, comme un petit domestique devant une impératrice.

– Féroce ou pas, ça ne compte pas, dit Xue. Un totem n'est pas un animal ordinaire ! Et puis, la vraie force n'a rien à voir avec la férocité !

– Je commence seulement à le comprendre, répondit la jeune fille, tout en jetant un regard furtif à Jhi.

– Rien de tel qu'une véritable amitié pour nous faire grandir, approuva Xue d'un signe de tête. Dors, va.

Le regard de Meilin s'attarda sur Rollan. Aucun engagement ne le liait aux Capes-Vertes, mais il était resté, et pas elle. Pour la première fois, elle prit conscience qu'il n'était pas un simple compagnon de route, mais un ami. Elle n'en avait jamais eu jusque-là : ses relations se réduisaient à ses servantes et aux enfants des officiers d'un rang inférieur à son père.

– Il n'y a vraiment rien à faire ?

Xue secoua la tête.

– Tu me raconteras tes rêves, demain, si tu en fais d'étranges...

– Est-ce qu'ils... nous diront l'avenir ?

– Non. Mais j'aime bien les histoires.

Meilin s'adossa au rocher. Le sol était trop mouillé pour qu'on puisse s'y étendre, mais la chaleur du feu rayonnait jusqu'à elle. Elle se sentait agitée et fatiguée à la fois. Elle observa Rollan et écouta sa respiration courte et hachée. C'était insupportable d'être réduite à l'impuissance alors qu'il risquait de mourir. Au moins n'était-il pas seul, et maintenant, elle non plus.

– Je n'aurais pas dû partir, murmura-t-elle, à la fois pour elle-même et pour Rollan, même si elle savait qu'il ne pouvait pas l'entendre. Je ne ferai plus jamais une erreur pareille.

Les calebassiers

L es premières lueurs de l'aube réveillèrent Abéké en sursaut. Conor dormait en chien de fusil près de Briggan, qui la regardait, l'œil alerte, les oreilles dressées. Uraza, à moitié assise à côté de lui, léchait sa fourrure maculée de boue.

Sa gorge se serra. Elle n'avait pas réveillé Conor, elle s'était endormie pendant son tour de garde !

Elle se leva, fit quelques pas hagards et observa les environs. Ils se trouvaient sur une grande île et les arbres qu'ils avaient aperçus la veille étaient d'immenses palmiers, dont le plus petit atteignait facilement une trentaine de mètres. Ils étaient alignés sur une crête, à quelques centaines de mètres de là. En plissant les yeux, elle crut discerner des grappes de fruits sur les branches les plus hautes. Avec un peu de chance, c'étaient des calebasses!

Elle s'éloigna afin de remettre de l'ordre dans ses idées. Devait-elle mentir, prétendre qu'elle avait volontairement laissé dormir Conor? Ou lui avouer la vérité?

Lorsqu'elle revint, le garçon marmonnait dans son sommeil: «Les moutons! On n'arrivera pas à les rentrer tous! Qu'est-ce que tu fais? Mais non, pas comme ça! Pas comme ça!» Elle s'accroupit et posa la main sur son épaule. Il se redressa d'un coup, les yeux grands ouverts, haletant.

– Tu faisais un cauchemar, lui dit-elle.

– Oui, reconnut-il, tout en promenant un regard ensommeillé autour de lui. Le troupeau... il y avait un...

Il vit soudain Briggan et lui passa le bras autour du cou.

– Mais... le soleil est déjà levé. Pourquoi tu m'as laissé dormir ?

« Ce serait si facile de mentir, songea-t-elle. Il me fait tellement confiance ! »

– Je me suis endormie sans m'en rendre compte, avoua-t-elle. C'est pour ça que je ne t'ai pas réveillé... Je suis désolée.

Elle s'attendait à des reproches, mais il hocha simplement la tête.

– Alors Uraza a monté la garde avec Briggan ?

– Oui, dit-elle d'un ton penaud.

– Ce n'est pas grave, rétorqua-t-il en souriant. Ils nous auraient alertés en cas de danger, j'en suis sûr ! Et puis, ne t'en fais pas, je n'en parlerai à personne. D'accord ?

Elle hésita, puis répondit :

– D'accord.

Il se leva et contempla tour à tour le soleil, les marécages, puis les arbres.

– J'imagine qu'on n'a pas le temps de petit-déjeuner...

– Il faut qu'on soit revenus avant la tombée de la nuit, protesta Abéké en rangeant son arc et ses flèches. On ferait mieux de manger en marchant.

– Tu as raison.

Il frotta ses yeux encore pleins de sommeil et Briggan bâilla par solidarité.

– Pourvu que les calebasses le guérissent..., ajouta-t-il.

Abéké ne répondit pas. Elle espérait elle aussi que Jodoboda ne leur avait pas menti. Que Tarik et Lishay s'en étaient sortis sains et saufs. Qu'ils avaient entraîné les crocodiles loin d'ici. Trouver les calebasses était une chose. Les rapporter en serait une autre.

La crête se révéla plus haute qu'elle ne l'avait cru, et l'accès aux palmiers plus difficile. Ils furent bloqués à mi-pente par des massifs de buissons épineux. Ni Briggan ni Uraza ne parvinrent à se frayer un passage et ils n'eurent d'autre choix que de les contourner.

Mais au bout de quelques mètres, ils butèrent de nouveau sur un mur d'épines.

— C'est un vrai labyrinthe, dit Conor, découragé. Comme celui des bambous dont nous a parlé Meilin !

— Ça n'a rien à voir, rétorqua-t-elle. Il est immense ! Celui-là est tout petit. Je crois que ce sont des vignes-pièges.

— Ça va nous prendre trop de temps de trouver un passage... Qu'est-ce qu'on fait ?

— Il y a peut-être une solution, dit Abéké.

Le calebassier le plus proche était à une vingtaine de mètres.

— Et si on se servait du Bélier de Granit pour sauter directement sur la branche la plus basse ?

Conor leva les yeux vers l'arbre et fronça les sourcils.

— Par-dessus les épineux ? Mais si on rate... et même si on réussit, ces branches n'ont pas l'air très solides...

— Il faut essayer. Tu l'as dit toi-même, on n'a pas le temps de faire le tour. On n'a pas le choix !

— Bon, reconnut-il après un silence. Alors, c'est moi qui y vais.

Elle secoua la tête, puis retira son sac à dos et posa son arc dessus.

– D'une part, je saute mieux que toi. Ensuite, je suis la dernière à m'être entraînée. Et enfin, Uraza peut m'aider.

– Abéké, protesta Conor, je te jure que tu peux me faire confiance.

Elle secoua de nouveau la tête.

– Ce n'est pas ça. Bien sûr, je t'en ai voulu quand tu leur as donné le Sanglier de Fer... mais on commet tous des erreurs. Cette nuit, c'était moi.

– Ce que j'ai fait est bien plus grave..., commença-t-il.

– Si un crocodile s'était approché, ça aurait pu être dramatique. On serait peut-être morts à l'heure qu'il est et on ne serait pas en train de se disputer pour savoir qui a fait la plus grosse bêtise...

Il fixa ses pieds, puis leva les yeux sur elle.

– Bon, d'accord, dit-il. Je reconnais que tu sautes mieux que moi.

Abéké examina l'arbre et les buissons qui l'en séparaient. Elle allait devoir faire un saut de six mètres de haut et de vingt de long, sans élan...

À l'arrivée, la branche risquait de casser sous son poids, mais, au moins, sa chute serait ralentie. Elle se laisserait tomber sur le sol, en espérant que celui-ci, qu'elle ne pouvait apercevoir, ne réservait pas de mauvaises surprises, comme d'autres épineux ou des rochers pointus...

Uraza gronda près d'elle. Abéké posa la main sur sa tête.

– Je vais avoir besoin de ton aide, en plus de celle du Bélier.

La panthère remua la queue, mais cessa de gronder. Abéké sentit une nouvelle force parcourir ses veines et irriguer ses muscles. Elle toucha le Bélier de Granit qu'elle portait autour du cou, puis elle sauta et elle eut l'impression étrange que la terre s'éloignait d'elle à toute vitesse.

Elle entendit Conor siffler tandis qu'elle montait de plus en plus haut, puis il cessa quand elle arriva au point culminant. Elle oublia Conor et gesticula dans tous les sens. Elle ne réussit pas à agripper fermement la branche qu'elle visait, mais ralentit assez pour tournoyer sur elle-même et atterrir à plat ventre sur la branche juste en dessous.

Le souffle coupé, elle se balança d'avant en arrière pendant plusieurs secondes avant de réussir à se stabiliser. Elle eut juste le temps de faire un signe de main à Conor pour le rassurer, puis, dans un horrible craquement, la branche céda.

Elle dégringola dans le vide.

— Abéké !

Uraza feula.

Par chance, les buissons qui tapissaient le sol étaient jeunes et elle en fut quitte pour des égratignures. Elle resta étendue un moment sans bouger et sans pouvoir respirer, puis elle cria « Je vais bien ! » pour les tranquilliser et les décourager de la rejoindre.

Vu depuis le sol, l'arbre paraissait encore plus haut. Plus haut, même, que le grand mât de *L'Orgueil de Tellun* – mais il avait au moins l'avantage de ne pas osciller au gré des vagues. L'écorce rugueuse offrirait des prises faciles.

Une fois qu'elle eut retrouvé sa respiration normale, Abéké se releva et, pleine de résolution, se mit à grimper. Lorsqu'elle arriva à la hauteur de la première branche, elle testa d'abord sa solidité

avant de transférer son poids et de s'y hisser à la force des bras.

Elle continua à progresser prudemment de branche en branche.

– Je te vois ! cria Conor quand elle parut à découvert. Tu te débrouilles comme un chef !

Elle ne se retourna pas pour lui répondre. L'entendre de si loin lui donnait le vertige.

D'un geste réflexe, elle toucha de nouveau le Bélier de Granit et chuchota : « Je t'en prie, protège-moi si je tombe... » Puis elle se sentit honteuse. Elle devait se concentrer sur ses mains et sur ses pieds, ne surtout pas penser aux buissons épineux, ni à l'altitude, et tout irait bien.

Elle repartit, plus décidée que jamais.

Après une ascension qui lui sembla durer des heures, elle aperçut une grappe de fruits oblongs au milieu d'une branche. Elle en dénombra six. Plus qu'il ne lui en fallait.

Elle grimpa rapidement jusqu'à la branche, ragaillardie par la vue des calebasses. Mais celles-ci étaient trop loin et Abéké ne put pas les atteindre en tendant la main. Elle décida de casser la branche qui les portait et de la laisser tomber sur le sol. Elle avait payé pour le savoir, les épineux amortiraient leur chute et empêcheraient les fruits d'exploser.

Mais elle eut beau tirer de toutes ses forces, la branche ne céda pas et les calebasses, bien accrochées, ne tombèrent pas.

Levant les yeux, elle repéra une autre grappe plus proche du tronc. Peut-être pourrait-elle les cueillir à la main ? Elle tira une dernière fois sur la branche, puis renonça et reprit son ascension.

Elle se trouvait maintenant à plus de quinze mètres du sol et les branches, plus fines, craquaient sous son poids. Pour peser le moins possible sur chacune, elle accéléra et devint moins prudente.

L'une d'elles cassa. Quand elle entendit le craquement et qu'elle sentit son pied plonger dans le vide, la panique la traversa. Elle se jeta sur la branche voisine. Juste à temps.

Une fois arrivée face aux calebasses, elle se pencha en avant, les décrocha avec précipitation et les

laissa tomber sur le sol. Une, deux, trois, quatre, et une dernière au cas où. Sans attendre, elle entama la descente, veillant cependant à garder une prise avec les mains quand elle déplaçait ses pieds.

Elle n'était plus qu'à huit mètres du sol et croyait tout danger écarté quand l'accident arriva. Les deux branches auxquelles elle se tenait cassèrent en même temps. Elle poussa un cri et tomba.

Dans sa chute, la chaîne qu'elle portait autour du cou passa par-dessus sa tête. Elle fut retenue par son nez, puis se décrocha et disparut.

Uraza feula. Abéké sentit alors une force inattendue la traverser. Avec une grâce féline, elle réussit à se retourner et à crocheter une branche avec sa jambe. Elle se balança, puis en attrapa une autre, et ainsi de suite jusqu'au sol.

Elle fouilla frénétiquement les buissons pour trouver le talisman. Son cœur battait à se rompre. Si jamais elle l'avait perdu... ce serait le deuxième. Mais Conor, lui, avait une excuse. Perdre un talisman par simple négligence était impardonnable.

Puis elle aperçut un reflet métallique sur l'une des calebasses. Elle souffla, soulagée. Elle ramassa

la chaîne, la remit autour de son cou et la raccour-
cit. Hors de question qu'elle la perde une seconde
fois !

Il lui fallut plusieurs minutes pour rassembler
les calebasses et elle ne put en dénicher que quatre :
la dernière avait dû s'enfoncer plus profondément
dans les épineux.

– J'en ai quatre ! hurla-t-elle. Je vais remonter
dans l'arbre et sauter pour te rejoindre !

– Sois prudente ! cria Conor d'une voix anxieuse.

Elle les coinça dans sa chemise et boutonna
sa veste de marin jusqu'au col, puis elle escalada
à nouveau le tronc. Ses muscles épuisés par l'effort
la faisaient souffrir et elle avait des contusions sur
tout le corps. Ses gestes étaient lents et concentrés,
sa progression laborieuse. Elle savait qu'il lui serait
difficile de franchir une telle distance, malgré l'aide
du talisman et de son animal totem.

Uraza, consciente du danger, tournait en rond
sans quitter l'arbre des yeux.

– Ne bougez pas ! cria Abéké quand elle se
retrouva à dix mètres de haut. Je ne veux pas vous
écraser !

Uraza s'arrêta et s'assit. Conor était parfaitement immobile, Briggan à ses côtés. Abéké les regarda, retint son souffle, et sauta.

L'espoir

Meilin regardait le soleil et l'ombre du rocher sur le sol. Rollan n'avait pas ouvert la bouche depuis qu'il s'était plaint du froid. Par moments, tout son corps était parcouru de frissons. Il claquait des dents.

– Il est deux heures, déclara-t-elle, à bout de patience. Peut-être devrais-je aller à leur rencontre...

– Ils vont revenir, assura Xue.

– Vous en êtes certaine ? s'étonna Meilin en se tournant vers elle. Pourquoi ? Vous avez eu une vision ?

La vieille femme secoua la tête.

– Je n'ai pas de visions. Juste de l'espoir.

– L'espoir ! s'exclama Meilin. Ce n'est pas l'espoir qui va sauver Rollan !

– Alors, vas-y. Je ne te retiens pas.

– Quoi ?

Meilin ne pouvait pas en croire ses oreilles. Xue la laisserait abandonner Rollan et s'enfoncer dans la jungle... peut-être en vain ?

Elle se ressaisit en songeant qu'elle-même n'était pas certaine que ce soit la meilleure option.

Mais que pouvait-elle faire d'autre ?

Jhi n'avait pas cessé de soigner Rollan, tour à tour léchant sa tête et posant la patte sur sa poitrine. Au début, les rougeurs s'étaient estompées, mais elles étaient revenues et avaient gagné ses oreilles et son cou. Sa respiration devenait de plus en plus hachée.

Meilin se sentait le cœur broyé. Elle savait qu'elle ne pourrait pas rester les bras croisés à le regarder mourir.

– Vous me laisseriez vraiment partir ? insista-t-elle, les sourcils froncés.

– Bien sûr. Je suis bien, là, je n'ai pas envie de me lever.

Meilin ne la crut pas. Malgré l'herbe, le sol était dur.

– Bon... Alors, je vais y aller, décida-t-elle. Vous allez veiller sur lui ?

– Je ne bouge pas. Je dois vendre mes marmites aux Tergesh.

– Jhi, il vaut mieux que tu restes, toi aussi.

– Elle est bien trop paresseuse pour te suivre ! s'exclama Xue en riant.

La nonchalance de Xue la troubla, mais elle avait pris sa décision.

– Je vais aller jusqu'aux marécages. Je les apercevrai peut-être de là-bas.

Elle ramassa ses affaires et jeta un dernier regard à Rollan. Il ne tremblait plus, mais son immobilité n'en était que plus effrayante. Toute vie semblait l'avoir quitté.

– Vous êtes sûre qu'on ne peut rien faire pour lui ?

Xue secoua la tête, à nouveau grave.

– Je serai de retour avant la nuit, promit Meilin.
Avec les autres. Et les calebasses.

Xue sourit.

– Tu vois ? L'espoir rend fort.

Meilin ne se sentait pas très forte, mais elle
n'avait pas le choix. Arrivée à la lisière des arbres,
elle se retourna avec un pincement au cœur. Il lui
paraissait étrange de partir sans Jhi. Elles ne
s'étaient pas quittées une seule fois depuis la céré-
monie du Nectar. Le panda releva la tête et leurs
yeux se croisèrent.

– Veille sur lui, chuchota Meilin.

Xue tourna la tête, comme si elle l'avait enten-
due – ce qui était impossible. Meilin rougit et se
détourna, gênée.

Tandis que Jhi se penchait sur Rollan, Meilin
s'enfonça dans la jungle.

La nuit tombe

Abéké réussit... presque. Elle atterrit dans les buissons et roula sur le chemin, la manche déchirée et le bras couvert de sang.

Conor se précipita vers elle, mais Uraza fut plus rapide. Tout en gémissant, elle promena sa truffe sur Abéké, qui se redressa péniblement et examina son bras.

– C'est grave? s'enquit Conor en arrachant un bout de sa chemise pour préparer un bandage.

Elle l'arrêta d'un geste.

– Ce n'est pas la peine, ce n'est pas profond. Et j'ai les calebasses!

Elle dénoua les pans de sa chemise et montra les fruits à Conor. Ils n'avaient rien de particulier : de simples calebasses oblongues et sèches, pas plus longues que son index. Conor en prit une et la secoua pour entendre le bruit des graines à l'intérieur.

– On devrait quand même nettoyer tes blessures, tu ne crois pas?

– Des épines sèches et propres sont moins dangereuses que l'eau putride des marécages, protesta-t-elle. Et puis, il ne faut pas qu'on traîne si on veut avoir une chance de revenir avant la nuit.

– C'est vrai, reconnut Conor. Euh... tu ne veux pas que je porte ton sac?

– T'inquiète.

Elle se releva en réprimant une grimace de douleur et se dirigea vers son sac d'un pas raide. Elle rangea les calebasses dans l'une des poches et le hissa sur son dos. Puis elle ramassa son arc et son bâton, et reprit en clopinant la direction des marécages, Uraza sur ses talons.

Conor regarda Briggan, qui pencha la tête sur le côté, la langue pendante.

– Je sais, je sais... Elle est plus coriace que moi...

Maintenant qu'ils marchaient en plein jour, ils n'avaient plus le repère des étoiles et ne pouvaient plus compter que sur le soleil et sur Briggan. Mais le soleil était régulièrement voilé par des nuages ou des averses, et le loup perdait la trace dès que les eaux étaient trop profondes. Conor en était réduit à tester le sol avec son bâton et à espérer qu'ils avançaient à peu près dans la bonne direction.

Leur progression à travers les roseaux et les plantes aquatiques, ou sur les bancs de boue, était lente et laborieuse. Ils avaient beau s'encourager l'un l'autre, leurs corps épuisés n'avaient plus de forces.

Même si Conor ne voyait pas le soleil, il savait qu'il avait commencé à décliner. Il essaya d'aller plus vite en levant les pieds plus haut quand, soudain, il aperçut les crocodiles. Six monstres, énormes, installés sur les rives boueuses de l'une des nombreuses îles.

– Des crocos ! avertit Conor, s'enfonçant dans l'eau jusqu'aux épaules pour disparaître derrière une rangée de roseaux.

Abéké l'imita. Briggan et Uraza se raidirent, silencieux, prêts à attaquer.

– Il faut qu'on les contourne, chuchota Abéké.

Conor échangea son bâton contre sa hache, prêt à se battre. Il regrettait que Tarik et Lishay ne soient pas avec eux, mais ils n'avaient aucune nouvelle des deux Capes-Vertes depuis qu'ils s'étaient séparés.

– Ils sont trop nombreux, répliqua-t-il. Mais si je les fais fuir... Je vais créer une diversion pendant que toi, tu passes en courant...

– Attends.

Abéké observa les bêtes de son œil vigilant de chasseuse.

– Je me demande s'ils ne sont pas morts, dit-elle. Regarde, certains sont retournés. Les crocodiles ne dorment jamais sur le dos comme ça...

– Peut-être que cette race-là, oui, rétorqua Conor, méfiant.

Ils s'avancèrent, le cœur battant. Conor serrait sa hache à deux mains. Mais lorsqu'il fut plus près, il vit qu'Abéké avait raison : les crocodiles, figés dans d'étranges positions, ne bougeaient pas. Leurs muscles étaient bandés et difformes, leurs pattes tordues.

– C'est peut-être Tarik et Lishay qui les ont tués, chuchota Conor.

– Je ne vois ni blessure ni sang, fit-elle remarquer.

– Tiens, c'est vrai, dit Conor, perplexe.

Ils s'approchèrent. Briggan et Uraza gravirent la berge en éclaireurs et coururent renifler les corps. Le loup bondit en arrière et secoua la tête.

– Tu as vu leurs yeux ?

Ils avaient roulé hors de leurs orbites. Les crocodiles sentaient mauvais et une mousse noire coulait de leurs naseaux.

– Je pense qu'ils ont bu de la Bile, dit Abéké, songeuse.

Après une hésitation, elle ajouta :

– Quand j'étais avec Shane et Zerif, j'ai vu des hommes se livrer à des expérimentations sur des animaux. L'effet n'est pas le même quand ce sont eux qui la boivent. Ils ne se lient pas à un humain. Ils deviennent des monstres qui obéissent au doigt et à l'œil !

– Tu as vu faire ça !

– Mais je n'ai pas vu ce qui se passait quand ils en donnaient trop. Ils avaient forcé un gentil chien à en boire. Il avait grossi et était devenu agressif. Ils ont dû poursuivre leurs essais... La Bile est un véritable poison, Conor ! Il faut les arrêter !

– On va y arriver, assura Conor. Enfin, je l'espère. Allez, viens. La vie de Rollan est entre nos mains, il faut qu'on se dépêche !

*

– La terre ferme, enfin, soupira Conor, quelques heures plus tard, alors qu'ils quittaient enfin les marécages. Je n'aurais jamais cru que je serais content de retrouver la jungle !

Abéké se tourna anxieusement vers le soleil.

– Il est trop tard, murmura-t-elle avec amertume.

Conor leva les yeux vers le ciel encombré de nuages. Le pâle disque du soleil, orange, apparaissait derrière un voile gris.

Ils avaient échoué. Malgré tous leurs efforts, ils ne pourraient pas arriver au rocher à temps. Ils étaient l'un et l'autre à bout de forces, et même si marcher était plus facile que dans les marécages, se frayer un passage à travers la jungle était épuisant. Conor était hanté par l'idée que Rollan les attendait, fiévreux et malade. Qu'il était peut-être en train de mourir.

Alors qu'il avait de la boue jusqu'aux chevilles, il s'arrêta.

– Ne reste pas planté là! coassa Abéké. On n'a pas le droit de renoncer maintenant!

– Je ne renonce pas! protesta-t-il, fâché.

Il était épuisé, trempé, et irritable. Il savait que ses jambes étaient couvertes de sangsues, même s'il ne les sentait pas.

– Je réfléchis! expliqua-t-il. On devrait envoyer les calebasses avec Briggan et Uraza.

Les deux animaux totems se tournèrent vers lui.

– Ils peuvent en prendre chacun deux dans leur gueule. Ils iront plus vite que nous.

Abéké le regarda fixement. Elle était si fatiguée qu'elle avait du mal à comprendre le sens de ses paroles.

– Et si les Caval-Rhinos considèrent qu'on a triché ?

– C'est un risque à prendre. On peut espérer qu'ils soigneront quand même Rollan...

– Je n'aime pas qu'Uraza soit loin de moi...

– Je comprends, mais c'est notre seule chance. La seule chance de sauver Rollan !

Uraza posa sa grosse patte sur le genou d'Abéké et inclina la tête sur le côté.

– Oui, dit Abéké. Bien sûr, tu as raison.

Elle sortit les calebasses de son sac. Les deux Bêtes Suprêmes prirent délicatement les fruits entre leurs mâchoires.

Conor serra le loup dans ses bras.

– Je sais que tu peux y arriver, murmura-t-il.

Briggan jappa en réponse, comme s'il voulait lui dire : « Mais oui, ne t'en fais pas ! »

Les deux animaux totems s'élancèrent à travers les arbres avec une agilité et une vitesse dont les deux Capes-Vertes auraient été incapables.

– Allons-y, dit Conor quand ils eurent disparu de leur champ de vision. On a encore un long chemin à faire.

Il extirpa son pied de la boue. Un bruit d'éclaboussures retentit alors derrière lui. Glacé, il fit volte-face. Au même instant, Abéké le bouscula en sautant pour échapper à un énorme crocodile aux yeux rouges qui venait de surgir de l'eau boueuse.

Juste avant que les formidables mâchoires se referment sur son mollet, le garçon jeta son bâton dans la gueule du crocodile. Il se cassa comme une allumette. Conor trébucha en arrière et se retrouva face à un monstre long de trois mètres, avec pour seule arme une moitié de bâton.

Abéké n'avait pas le temps de prendre son arc. Elle attrapa une flèche dans son carquois et visa les yeux, mais la bête tourna la tête d'un geste vif et la flèche retomba dans la boue, trois mètres plus loin.

Conor jeta ce qui restait de son bâton dans la gueule béante du crocodile. Il tâtonna pour attraper la hache accrochée à son sac, mais il était coincé dans la boue, le manche était trop haut et il ne put l'atteindre.

Le crocodile approchait.

– Ah!!!

Le cri de Meilin se répéta en écho à travers les marécages. Sa canne lestée de métal tomba lourdement sur la tête de l'animal, qui reporta son attention vers elle, laissant à Conor les précieuses secondes nécessaires pour détacher fébrilement sa hache.

Tchak! Tchak! Tchak! Meilin reculait en dansant de droite à gauche, entraînant la bête rugissante sur la terre ferme. Abéké ajusta la corde de son arc et se précipita vers le crocodile, suivie par Conor, qui tenait fermement sa hache à deux mains. Meilin grimpa sur une énorme souche. Le crocodile planta ses griffes dans le bois vermoulu et essaya de mordre ses pieds.

Abéké profita de ce qu'il se redressait pour envoyer une flèche dans son gosier. Rassemblant

toutes ses forces, Conor lui donna un coup en travers de la gorge.

L'animal dégringola sur le sol. Il rampa péniblement vers l'eau, agonisant, laissant derrière lui une traînée de sang, puis il s'arrêta, mort.

Abéké poussa un soupir épuisé et Conor s'appuya sur sa hache. Meilin sauta à bas de la souche. Elle avait l'air en pleine forme.

– D'où tu viens? lui demanda Conor.

– Je suis partie à votre recherche, expliqua-t-elle. Quand j'ai vu Briggan et Uraza, j'ai pensé que vous n'étiez pas loin. Puis j'ai entendu le crocodile. Il était énorme! Vous en aviez déjà vu des comme ça?

Abéké acquiesça d'un air sombre:

– Tu sais, le crocodile du général Gar... Il était deux fois plus long...

Conor frissonna. Même Meilin parut impressionnée.

– Merci à toi, Meilin, reprit-il. Mais on ferait bien de ne pas traîner. Même si Briggan et Uraza ont les calebasses, j'ai hâte de retrouver Rollan.

Ils se racontèrent leurs aventures en marchant. Le soleil avait disparu derrière les arbres, mais le ciel était encore strié de grandes bandes orange et roses. Conor ne songeait qu'à une seule chose : pourvu que Briggan et Uraza arrivent à temps !

Le retour

Il faisait nuit noire lorsque Meilin, Abéké et Conor débouchèrent enfin dans la clairière, qu'ils trouvèrent métamorphosée. Elle était éclairée par des lanternes de papier accrochées à de longues tiges de bambous. Des tentes étaient dressées en cercle autour du Roc du Peuple, et près de chacune, un rhinocéros était attaché à un énorme piquet planté dans le sol. Les hommes, rassemblés autour de grands feux, mangeaient, buvaient et parlaient.

Jodoboda se tenait debout sur le rocher, une coupe en or à la main. Le petit abri de Xue avait disparu. Meilin eut beau chercher des yeux, elle ne vit aucune trace de Rollan. Trop de rhinocéros et de tentes lui masquaient la vue. Elle pressa le pas ; toute cette dernière heure, elle s'était retenue pour ne pas distancer Conor et Abéké, épuisés.

« Il ne peut pas être mort, pensa-t-elle, affolée. Uraza et Briggan ont dû revenir à temps. Il doit être vivant ! »

Elle se mit à courir entre les tentes et les rhinocéros, paniquée à l'idée de découvrir son corps sans vie sur l'herbe, Essix devenue folle, avec un chaperon et des jets en cuir aux pattes pour la garder prisonnière...

Jodoboda leva sa coupe et fit le geste de trinquer en direction du bas du rocher. Meilin reconnut alors Xue assise sur son sac, une tasse de porcelaine à la main. Instantanément, elle se ressaisit et se composa un visage calme. La vue de Jhi la réconforta. Puis elle vit, près du panda, Rollan, un sourire béat aux lèvres. Son visage avait déjà retrouvé des couleurs et Essix, juchée sur son épaule, lissait ses plumes. Briggan et Uraza étaient assis à leurs côtés, mais dès qu'ils aperçurent leurs maîtres, ils s'élancèrent à leur rencontre.

Meilin s'approcha. Elle n'ouvrit la bouche que lorsqu'elle fut certaine que sa voix n'allait pas la trahir. Sa gorge était étrangement nouée.

– Alors, ils t'ont préparé le remède. Je suis contente.

– Pas autant que moi ! rétorqua Rollan.

Il lui sourit, et elle ne put s'empêcher de rougir. Troublée, elle baissa les yeux et l'observa à travers ses cils. Dire qu'elle avait cru qu'elle ne reverrait jamais son sourire !

– Xue m'a dit que je serais mort si vous n'aviez pas rapporté les graines à temps. Alors, merci !

– Ce n'est pas moi, protesta-t-elle. C'est Conor et Abéké.

Les deux autres surgirent soudain à ses côtés.

– Tout le mérite revient à Abéké, dit Conor. Si elle n'avait pas fait ces sauts incroyables...

Celle-ci haussa les épaules.

– Mais toi, tu nous as guidés à travers les marécages. On s'en moque, de qui a fait quoi !

– Voilà qui me paraît sage, commenta Xue.

Elle se présenta à Abéké et à Conor, qui ne la
connaissaient pas encore. Zap passa la tête par
l'encolure de son corsage et remua les moustaches
en signe de bienvenue.

– Et maintenant, soupira Abéké, voilà mon
rêve : m'asseoir, manger et me laver. Dans cet
ordre-là !

– On est plus fort avec le ventre plein, approuva
Xue. Nous devrions tous manger...

Mais Meilin ne l'écoutait pas. Ce qu'elle avait
à dire ne pouvait pas attendre.

– Je n'aurais jamais dû partir...

Tous la considérèrent avec étonnement. C'était la
première fois qu'ils l'entendaient formuler quelque
chose qui ressemblait à des excuses.

– Jodoboda ne vous aurait pas capturés. Et tu ne
serais peut-être pas tombé malade, ajouta-t-elle en
se tournant vers Rollan.

— Oh ça, je ne crois pas, rétorqua-t-il, faussement sérieux. Je suis tellement appétissant, les insectes ne pouvaient pas résister...

— Mais on aurait remarqué à quel point tu étais mal si on avait fait plus attention les uns aux autres, insista Abéké.

— Ce qui est important, c'est qu'on est soudés, dit Conor avec un grand sourire. Vous vous souvenez de l'idée des marionnettes ? Chacun a participé à sa manière. Et si tu avais été là, Meilin, ça aurait été encore mieux !

Elle hocha la tête. Abéké lui avait raconté comment ils avaient réussi à s'introduire en douce dans Xin Kao Dai. C'était un bon plan.

— Il faut que ça nous serve de leçon, conclut-elle.

— Vous êtes déjà de meilleurs élèves qu'Olvan et Lenori, approuva Xue en leur adressant un clin d'œil.

Les quatre enfants se regardèrent et se sourirent, puis Abéké se tourna vers le chef des Caval-Rhinos, droit et fier sur son rocher.

— Merci d'avoir tenu votre promesse et préparé le remède, Jodoboda.

– Je l'aurais fait de toute façon, répondit-il en levant sa coupe dans sa direction. Nous gardons toujours des graines de calebasses en réserve. La fièvre purpurine fait régulièrement des victimes parmi mon peuple.

– Hein ! s'exclama Conor. Mais on a failli y laisser notre peau !

– C'était votre épreuve, rétorqua le chef. Vous l'avez réussie et vous aurez votre juste récompense. Quand vos compagnons reviendront, nous vous emmènerons au lac de l'Éléphant, où vit Dinesh.

– Ils ne sont pas rentrés ? s'inquiéta Abéké. Où sont-ils ?

– Vous ne le savez pas ? s'étonna Jodoboda.

Rollan leva la tête, anxieux.

– Où sont-ils allés ?

Abéké lui raconta rapidement leur rencontre avec les porteurs de torches, qui avaient dirigé vers eux une armada de crocodiles rendus fous par la Bile.

Jodoboda se pencha pour écouter, des rides plissant son visage tanné.

– Voilà de bien mauvaises nouvelles, commenta-t-il gravement. Des Conquérants dans les marécages, qui empoisonnent les crocodiles... Je ne pensais pas qu'ils pourraient pénétrer sur nos terres en si grand nombre. Le Pharsit Nang est une région tranquille. Nous n'avions jamais été dérangés jusque-là.

– Une pierre seule n'est qu'une pierre, dit Xue. Mais avec plusieurs pierres, on bâtit un mur.

Jodoboda sourit d'un air triste.

– Vous nous l'avez déjà dit, Petite Mère. Mais les Caval-Rhinos se sont toujours débrouillés seuls.

– Quelle tête de mule ! marmonna Xue en faisant la moue.

– Il faut qu'on parte à la recherche de Tarik et de Lishay, déclara Rollan en se levant avec difficulté.

Xue posa la main sur son épaule pour le faire rasseoir.

– Nous, on va y aller, dit Conor d'une voix qu'il voulait décidée, mais qui trahissait son extrême fatigue.

– Non, moi, trancha Meilin, qui ne supportait pas l'idée que Tarik et Lishay étaient peut-être blessés, ou assiégés par des crocodiles.

– Personne n'ira, déclara Jodoboda. Vous en avez assez fait, même pour des Capes-Vertes. Je vais envoyer des hommes à leur recherche... Nous en profiterons pour essayer d'évaluer le nombre de Conquérants qui ont envahi nos terres.

Il sauta à bas du rocher et cria des noms. Certains Caval-Rhinos interrompirent leur repas et, quelques minutes plus tard, une trentaine d'entre eux prenaient le chemin des marécages.

– Je conseille aux jeunes Capes-Vertes fatigués de manger pour reprendre des forces, dit Xue en désignant sa marmite qui mijotait sur le feu. Je vous propose un excellent bouillon de rat aux pousses de bambou.

– De rat ? répéta Conor.

– C'est bon, assura Meilin. Vraiment.

– J'en ai déjà mangé, déclara Abéké, même si, bien sûr, ça ne vaut pas l'antilope. J'en prendrais avec plaisir.

Xue sourit et commença à sortir des bols et des cuillères pour tout le monde, hormis Rollan. Conor partagea sa part avec Briggan, mais Uraza

détourna la tête d'un air dégoûté quand Abéké lui en proposa.

– Et moi ? se plaignit Rollan.

Xue secoua la tête.

– Rien de solide avant demain matin. Dors.

– C'est toujours pareil, en fin de compte. Jamais assez à manger.

Mais il s'enveloppa de sa couverture et s'allongea sur l'herbe. Alors qu'il cherchait sa position, Essix vint se poster près de sa tête en gardienne vigilante. Rollan tendit la main et ébouriffa ses plumes d'un geste plein d'une tendresse nouvelle.

Un instant plus tard, il dormait à poings fermés.

– Voilà ce que je devrais faire ! s'exclama Abéké. Mais d'abord, il faut que je me lave. Comment font les Caval-Rhinos ?

– Ils attendent la prochaine averse, répondit Xue en levant les yeux vers le ciel étoilé. Je dirais d'ici dix minutes.

– Je ne suis pas sûre d'avoir le courage d'attendre, murmura Abéké.

Elle s'étendit. Uraza vint s'installer près d'elle et posa sa tête sur ses deux pattes.

– J'espère que Tarik et Lishay vont bien, chuchota Meilin.

Elle se rapprocha de Rollan et de Jhi. Celle-ci avait l'air de dormir, mais elle remua lorsque Meilin s'assit, et posa sa grosse patte en travers de ses jambes. Aussitôt, un sentiment de sécurité et de réconfort envahit la jeune fille, apaisant d'un coup toutes ses inquiétudes.

*

Le matin suivant, le jour était maussade. La pluie ne cessait de tomber et les rayons de soleil ne parvenaient pas à percer l'épaisse couche de nuages. Tout le monde se réveilla endolori et trempé. Les Caval-Rhinos avaient réussi à entretenir les feux malgré la pluie, mais Meilin comprit très vite qu'il était illusoire d'espérer se sécher.

Les Caval-Rhinos leur offrirent des petits gâteaux de riz aux champignons pour leur petit-déjeuner. Une fois rassasiés, les Capes-Vertes se réunirent près du rocher pour essayer de discuter de l'avenir. En l'absence de Tarik, ils se tournèrent spontanément vers Xue.

– Je ne travaille plus pour les Capes-Vertes, se défila-t-elle en ramassant son sac. Et puis, il faut que je vende mes marmites.

– On devrait partir à la recherche de Tarik et de Lishay, déclara Abéké.

Meilin secoua la tête, même si ses inquiétudes s'étaient réveillées avec elle.

– On devrait plutôt aller trouver Dinesh, dit-elle. Les Conquérants sont déjà dans les marécages, et un grand nombre d'entre eux sont en train de percer une voie à travers le Grand Labyrinthe de Bambous. On n'a que quelques jours d'avance sur eux.

– Meilin a raison, trancha Rollan.

Il allait beaucoup mieux. Il était encore un peu pâle, mais ses rougeurs avaient disparu.

– C'est sûr, reconnut Conor, mais ne faut-il pas chercher Tarik et Lishay d'abord?

– Jodoboda a envoyé ses hommes, rétorqua Meilin. Je suis sûre qu'ils auraient voulu qu'on continue...

– Mais où, exactement? Est-ce que quelqu'un a parlé à Jodoboda ce matin?

Ils regardèrent de tous les côtés et finirent par l'apercevoir près d'un feu. Ils traversèrent le camp pour le rejoindre.

– Nos invités sont pressés de partir, je vois...

– Il faut absolument qu'on parle à Dinesh avant les Conquérants, répondit Meilin. Vos hommes ont-ils trouvé Tarik et Lishay ?

– Nous allons bientôt le savoir...

Ils se tournèrent dans la direction qu'il indiquait. Les Caval-Rhinos étaient de retour. Plusieurs rhinocéros avaient perdu leur cavalier ou portaient sur leur dos un corps inerte. Mort. Jodoboda tressaillit et plissa les yeux sous l'effet de la colère.

Pétrifiés, les Capes-Vertes retinrent leur souffle. Puis soudain se dessinèrent deux silhouettes familières, une loutre sur l'épaule et un tigre sur les talons. Le soulagement submergea Meilin.

– Vos amis et les miens ont dû être attaqués par les crocodiles dont vous avez parlé, déclara Jodoboda, qui prenait enfin conscience de la gravité de la situation. Les Conquérants vont regretter le jour où ils ont posé le pied sur nos terres !

– Alors vous allez vous battre à nos côtés ? s'exclama Meilin, s'imaginant déjà qu'il enverrait des renforts à son père.

Ses espoirs furent vite détrompés.

– Non. Nous nous battrons seuls, comme nous le faisons depuis toujours. Nous ne laisserons personne nous envahir !

– Et quand vous vous retrouvez face à un adversaire plus fort que vous ? demanda Xue, surgissant d'un groupe de Caval-Rhinos qui tenaient tous une poêle neuve à la main. Vous l'affrontez seul, ou vous faites appel à vos hommes ?

Il se mit à rire.

– Vous ne renoncez jamais, pas vrai ? Mais vous le savez, Petite Mère, nos traditions sont aussi solides que ce rocher !

– Tête de mule..., marmonna Xue, faisant la moue.

Tandis que le chef de la patrouille s'entretenait rapidement avec Jodoboda, Tarik et Lishay les rejoignirent.

– Rollan ! s'exclama Tarik. Tu as meilleure mine ! J'étais sûr qu'Abéké et Conor réussiraient !

Il aperçut Xue, en resta bouche bée, puis s'inclina.

– Je suppose que vous êtes Xue, dit-il. Moi, c'est Tarik.

– Et moi, Lishay, dit la jeune femme, qui portait au bras un bandage taché de sang. C'est un honneur de rencontrer une Cape-Verte de... euh...

– D'autrefois ?

– J'allais dire « de votre réputation », précisa Lishay.

– Vous joignez-vous à nous ? demanda Tarik. Votre sagesse et vos conseils nous seraient précieux !

– Pas tout de suite. J'ai encore des marmites à vendre un peu plus au nord.

– Ah, fit Tarik, manifestement déçu.

Il se tourna vers Jodoboda.

– Les Caval-Rhinos m'ont dit que vous nous conduiriez au lac de l'Éléphant, Jodoboda. C'est loin ?

– Une journée de marche. Je vais vous faire escorter par une patrouille. Mais dites-moi, où se trouvent les crocodiles empoisonnés et les Conquérants, maintenant ?

– Nous les avons fait fuir à travers les marécages pour pouvoir les attaquer par petits groupes. Ils ont même fini par s'attaquer entre eux, la nuit dernière ! Mais ils vont se retrouver. Ce poison, je ne sais pas ce que c'est...

– Abéké pense que c'est la Bile, intervint Conor. Vous savez, la potion qui permet de créer des liens avec des animaux totems.

Elle confirma d'un signe de tête.

– Quand j'étais avec eux, je les ai vus transformer des animaux innocents...

– Vous voyez ce dont sont capables les Conquérants, dit Xue. Tous les peuples libres doivent s'unir pour les vaincre.

– Ça ne suffira pas, il nous faut aussi les talismans des Bêtes Suprêmes, ajouta Tarik. Et je crains que les Conquérants ne soient déjà arrivés au lac.

– Je ne pense pas, rétorqua Jodoboda. Peu de gens connaissent le chemin qui y mène. Venez, restaurez-vous, lavez-vous et pansez vos blessures. La patrouille partira dès que vous serez prêts.

– On va vraiment monter sur des rhinocéros ?
demanda Conor, tout excité.

– Ça t'amuse, toi ? s'exclama Rollan, inquiet.

Meilin se rappela à quel point il était mal à l'aise
à cheval et ne put s'empêcher de rire.

Le lac de l'Éléphant

L e chemin qui menait au lac de l'Éléphant
était bien caché. Ils longèrent d'abord une
crête interminable qui s'enfonçait au cœur
d'une forêt toujours plus dense. Les arbres se refermèrent bientôt au-dessus de leurs têtes, formant un
véritable tunnel vert.

Rollan ne profitait pas vraiment du voyage.
Certes plus petits que leurs congénères niloais, les

rhinocéros avaient quand même une croupe très large et les Tergesh les montaient sans selle. Pour leurs passagers, ils avaient simplement noué une corde autour du ventre de l'animal. Rollan la tenait d'une main, de l'autre s'agrippait au cavalier assis devant lui et plaquait ses jambes de toutes ses forces contre les flancs rugueux. Même s'il se sentait mieux, le simple effort de rester assis l'épuisait.

À plusieurs reprises, son cavalier lui demanda poliment de ne pas le serrer autant.

– Je ne voudrais pas que votre rhino panique si je tombe ! se justifia Rollan.

Les autres, en revanche, semblaient bien s'amuser. Conor poussait un cri de joie chaque fois que sa monture enjambait un tronc et Abéké avait obtenu d'échanger sa place avec son cavalier et de tenir la chaîne qui faisait office de rênes. Seule Meilin cheminait en silence.

Rollan eut l'impression que la montée durait une éternité, mais ils entamèrent enfin la descente. Le sol était plus sec et il cessa de craindre de tomber dans la boue. À un moment, leur guide s'engagea dans une travée à peine assez large pour les bêtes.

Le sol devint rocheux, et les fougères et les lianes plus rares.

Au bout de quelques kilomètres, alors que le chemin se dirigeait droit sur une falaise, leur guide disparut. Rollan, qui suivait juste derrière, s'inquiéta : où avait-il bien pu passer ? Était-il tombé dans un trou ?

Il découvrit bientôt qu'il n'y avait pas une seule falaise, mais deux, l'une masquant l'autre. Le guide avait bifurqué dans un étroit sentier qui descendait en pente raide, plongé dans la pénombre.

– C'est encore loin ? s'enquit-il.

– Le lac est au bout du chemin, répondait invariablement son cavalier.

– Et là-bas, vous laverez les rhinos ? demanda Rollan, ne résistant pas au plaisir d'une petite pique.

– Les rhinos ne se lavent jamais. Leur odeur tient nos ennemis à distance.

– Je veux bien le croire, commenta Rollan en tordant le nez.

Il faisait très sombre. L'espace entre les deux parois rocheuses, hautes de soixante-dix mètres, était

large de trois mètres. Même si le soleil brillait dans le ciel, ses rayons ne parvenaient pas jusqu'au sol.

Le sentier finit par remonter. Les rhinocéros grognaient et soufflaient sur la pente de plus en plus raide. Mais les parois, autour d'eux, s'élevaient toujours plus haut.

Après plusieurs heures, Rollan estima qu'ils avaient gravi sept cents mètres de dénivelé. L'air était un peu moins chaud et humide, ce qui les changeait agréablement de la touffeur de la jungle.

Le sentier s'élargit enfin et les rhinocéros purent cheminer de front, à deux, puis à quatre, et enfin à huit. Au bout d'une centaine de mètres, ils se retrouvèrent en haut des falaises, face à une vaste et magnifique étendue bleue, située dans le cratère d'un volcan éteint. Au centre du lac, sur une île, se dressait une pyramide à degrés en pierre grise, munie d'un dôme.

Les Caval-Rhinos firent galoper leur monture jusqu'à la berge, où ils s'arrêtèrent dans un grand nuage de sable. Alors que celui-ci se dispersait, Meilin glissa de sa monture. Elle resta immobile par

terre, le regard fixe, puis elle se redressa lentement et observa les rebords du cratère, l'île et le ciel.

Conor fut le premier à sauter à bas de son rhinocéros et à se précipiter vers elle, vite suivi par Abéké et Rollan.

– Meilin! Ça va?

Elle ne répondit pas, mais continua à regarder autour d'elle d'un air absent. Sa chute l'avait sonnée. Rollan posa doucement les mains sur ses épaules pour la faire asseoir, mais elle s'écarta d'un mouvement brusque.

– Qu'est-ce que tu fais? s'exclama-t-elle, de nouveau lucide.

– J'essayais de t'aider! Tu es tombée de ton rhino!

– Moi, je suis tombée? protesta-t-elle, incrédule. J'ai dû m'endormir...

– Ça arrive quand on n'est pas habitué, confirma leur guide. Par chance, on est arrivés. Voilà le lac de l'Éléphant. Nous avons tenu la promesse de Jodoboda.

Les autres Capes-Vertes descendirent de leur monture, détachèrent leur sac et saluèrent les

Caval-Rhinos, qui disparurent. Rollan aurait préféré qu'ils ne repartent pas si vite. Il se sentait étrangement vulnérable.

– Je suppose que Dinesh est sur l'île, dit Lishay.

Essix s'envola dans un cri puissant afin d'inspecter les lieux. Jhi apparut dans un éclair de lumière et fixa calmement l'île au milieu du lac. Briggan se mit à arpenter la berge en l'examinant de ses yeux bleu pâle. Quant à Zhosur et à Uraza, ils jouèrent un moment à se poursuivre jusqu'à ce que le tigre se lasse.

Lumeo glissa sur le bras de Tarik et s'approcha de l'eau. Mais au lieu de s'y jeter, comme d'habitude, il recula en sifflant.

– Lumeo ? s'inquiéta Tarik.

Il dégaina son épée et avança à son tour. Alors qu'il n'était qu'à trente centimètres du bord, un tête-de-serpent jaillit et tenta de le mordre de ses dents fines comme des aiguilles. Laissant échapper un cri, Tarik le coupa en deux puis, d'un coup de pied, repoussa les morceaux dans le lac. Des dizaines de têtes-de-serpent se jetèrent sur eux pour les déchiqueter et les dévorer.

— On aurait dû emporter les pièges des pêcheurs de Xin Kao Dai, dit Rollan.

— On ne pourra jamais traverser à la nage, remarqua Lishay, soucieuse. Et il n'y a pas un seul arbre pour fabriquer un radeau...

Rollan scruta les environs, mais ne vit rien qui pouvait leur servir. Le lac, d'un kilomètre de diamètre, était entouré de rochers. Le seul chemin d'accès était celui par lequel ils étaient arrivés.

Il cligna des yeux. Sa vision se fit plus nette et plus colorée, comme s'il voyait par les yeux d'Essix. L'expérience, qu'il vivait pour la deuxième fois en peu de temps, l'impressionna tout autant.

— Il y a des gens sur l'île... enfin, je crois que ce sont des gens..., déclara-t-il en se protégeant les yeux de la main. Ils ont une drôle de tête, trop grande pour leur corps... Il y en a trois qui nous observent... Ils sont au pied de la pyramide, vers le milieu...

Tout le monde se tourna dans la direction indiquée. Ils distinguèrent en effet trois vagues silhouettes. Au bout d'un moment, elles disparurent à l'intérieur.

– Il doit y avoir un bateau caché quelque part, dit Abéké. De ce côté, le rocher a l'air différent...

– C'est vrai, confirma Tarik. Allons voir ça de plus près !

Abéké ne s'était pas trompée. Le rocher avait été poli et sculpté : un dessin compliqué représentait un éléphant au milieu d'un lac ou d'une rivière, en train de projeter de l'eau en l'air avec sa trompe.

– Au cas où vous en doutiez, se moqua Rollan, on est au lac de l'Éléphant.

– Attends..., protesta Meilin.

Elle s'approcha du rocher et effleura certaines lignes du dessin qui lui paraissaient plus profondes.

– Je me demande...

Elle recula pour mieux juger de l'ensemble.

– Là, une porte ! Regardez ! Suivez cette ligne le long de la patte, sous le ventre, la patte arrière et le tour du lac. Et il y a aussi une marque au milieu ! Une porte à double battant !

– Possible, admit Conor en se grattant la tête. Mais des portes très étroites, alors ! Et comment tu les ouvres ?

— Ça ne doit pas être difficile, rétorqua Meilin. En général, pour ouvrir une porte secrète, il suffit d'appuyer ou de tirer sur quelque chose.

— Pourquoi pas son œil ? suggéra Conor. Il est en relief. Peut-être qu'il s'enfonce ?

— Je peux sauter et donner un grand coup de pied dedans, proposa Abéké.

— Minute ! s'exclama Rollan. Et si c'était un piège ? Cet œil, c'est un peu trop évident, non ?

— Je pourrais appuyer avec ma canne, proposa Meilin, en passant par le côté...

— Que tout le monde recule ! ordonna Tarik.

Meilin attendit que ses compagnons soient assez loin, puis grimpa sur le rocher, se pencha en avant et tendit sa canne. L'œil s'enfonça de plusieurs centimètres.

Un déclic se fit entendre et une dizaine de flèches fusèrent de trous disséminés dans la roche. Si Abéké avait sauté comme elle l'avait proposé, elle aurait été blessée.

— J'ai l'impression que Dinesh n'aime pas les visiteurs, murmura Rollan.

– Mais alors, comment ça s'ouvre ? demanda Abéké, perplexe.

Elle se posta devant le dessin et l'examina de nouveau, sans rien trouver. Lumeo, juché sur l'épaule de Tarik, se redressa d'un coup et se mit à siffler à son oreille.

– Mais oui, bien sûr ! Regardez ! Un bateau ! s'exclama Tarik en désignant un petit relief situé sur l'eau, sous la queue de l'éléphant.

– On dirait plutôt une calebasse, protesta Rollan. Ou un insecte écrasé.

– Ce sont des rames, pas des pattes, dit Conor. C'est un bateau !

– Je peux essayer de l'enfoncer depuis l'autre côté, déclara Meilin.

Elle contourna le rocher par le haut. Rollan la suivit, tandis que les autres s'écartaient, par prudence.

Elle tendit sa canne. Mais cette fois, le point à atteindre était loin, la canne, trop lourde, et sa main tremblait. Malgré tous ses efforts, Meilin ne réussissait pas à la stabiliser assez pour toucher le minuscule bateau.

– Jhi! appela-t-elle. Viens m'aider!

Le panda approcha de son allure pataude et s'installa juste au-dessous de Meilin. Celle-ci inspira profondément. Un grand calme se répandit en elle. Rollan ne l'avait jamais vue aussi... détendue n'était pas le mot, mais elle semblait très posée, comme si toute tension l'avait quittée. Il ne put s'empêcher de l'envier.

Avec une concentration extrême, Meilin tendit de nouveau sa canne et, d'une main très sûre, elle la guida jusqu'au petit relief. Un grondement profond retentit à l'intérieur du rocher. De la poussière s'envola du dessin sculpté, et les deux battants de la porte s'abaissèrent lentement, comme un pont-levis.

– Attention! hurla Tarik, alors que Conor allait s'élancer.

Un bateau de plus de trois mètres de long fut soudain propulsé en avant par un mécanisme caché. En roseau, muni de rames et d'un long mât replié à l'intérieur, il était fixé sur un chariot qui dévala le pont en direction du lac.

Rollan bondit, sauta à bas du rocher et lui courut après. Il attrapa les cordes et l'arrêta juste avant qu'il tombe à l'eau et s'éloigne sur le lac, sans eux.

La pyramide de l'île

Une fois le bateau arrêté, les autres rejoignirent Rollan et l'aidèrent à le renflouer. Puis ils montèrent à bord, prenant soin de passer par la poupe et de ne pas plonger les pieds dans l'eau. Ce qui compliqua les choses quand il fallut le pousser au large.

Sa légèreté et l'absence de quille le rendaient sensible au moindre souffle de vent et ils durent ramer à quatre pour tenir à peu près la bonne direction. Les têtes-de-serpent se jetaient sur les rames dès qu'elles pénétraient dans l'eau.

– Il y a beaucoup de courant, remarqua Tarik, qui manœuvrait le gouvernail. Il doit y avoir une rivière quelque part...

Installé à la proue, Essix sur son épaule, Rollan était à l'affût du moindre mouvement suspect.

– Là, regardez, dit-il, désignant une zone plus sombre sur la paroi nord du cratère.

– Une autre voie d'entrée, dit Tarik, préoccupé. Pour les crocodiles, par exemple...

– Au moins, on est les premiers, se réjouit Meilin.

– Peut-être qu'on va pouvoir repartir avant que les Conquérants arrivent! déclara Conor.

– Leur voyante est puissante, dit Abéké en jetant des regards nerveux autour d'elle. Je te trouve très optimiste...

– Hum, fit Rollan, aussi nerveux qu'elle. Les gens sont ressortis de la pyramide. Hé, ils ont des têtes d'éléphant! Attendez, c'est pas possible...

— Continuez à ramer ! lança Tarik en voyant que tous se retournaient pour regarder. Ce sont de simples masques !

— Ils ont des arcs, insista Rollan. On va bientôt se retrouver sous leurs flèches.

— Abéké et Lishay, prenez les vôtres.

— Je n'ai plus que trois flèches, dont une tordue, grimaça Abéké.

— Et moi cinq.

— Ils sont une vingtaine, continua Rollan. Ils sont tous armés et... Oh, ils nous visent !

— Arrière toute ! On va tenter de parlementer. Rollan, prends le gouvernail.

Tarik et Rollan échangèrent leur place. Le Cape-Verte posa un pied sur la figure de proue – une tête d'éléphant en bois –, mit ses mains en porte-voix et cria :

— Nous sommes des Capes-Vertes ! Nous venons voir Dinesh !

Une femme retira son masque, découvrant son visage peint en gris.

— Il ne veut voir personne ! Faites demi-tour !

– Nous devons absolument lui parler ! C'est crucial !

– Faites demi-tour ! Nous allons tirer !

– Si vous tirez, nous nous défendrons ! rugit Tarik. Nous ne sommes pas venus pour nous battre. Nous sommes des Capes-Vertes ! Nous sommes des Tatoués et nous avons des animaux totems ! Vous allez vous faire massacrer !

– Faites demi-tour !

– Non ! Nous voulons parler à Dinesh !

La femme remit son masque et abaissa le bras. Une pluie de flèches vola dans leur direction.

– Arrière ! ordonna Tarik sans bouger d'un pouce.

Il brandit son épée, mais les flèches ne portaient pas assez loin et tombèrent toutes dans l'eau.

– Abéké, tire sur cette femme, mais vise les jambes...

Abéké et Lishay, debout, devaient plier les genoux pour compenser le léger tangage.

– Je vise la jambe gauche, déclara Lishay. Sous le genou.

– Moi la droite, dit Abéké en bandant son arc.

Elles tirèrent en même temps. Leurs flèches suivirent une trajectoire bien plus rectiligne que celles des hommes-éléphants. La femme poussa un cri, puis s'écroula. Quatre autres déposèrent leur arc et la portèrent à l'intérieur de la pyramide.

– Plus que quinze, compta Conor.

Tarik mit de nouveau ses mains en porte-voix.

– Nous ne voulons pas nous battre ! Laissez-nous aborder et parler à Dinesh !

Pour toute réponse, ils reçurent une seconde volée de flèches. Tarik en fendit deux avec son épée et Meilin en dévia une avec sa canne.

– Visez les jambes, soupira Tarik. Si seulement ils avaient une once de bon sens...

– Ils ne nous croient pas, dit Meilin. Ils nous prennent sans doute pour des Conquérants.

– Six personnes dans un radeau ? se moqua Rollan. Pas très menaçant...

Abéké et Lishay tirèrent. Cette fois, six personnes transportèrent les blessés à l'intérieur. Il ne resta plus que trois archers, qui se retirèrent précipitamment lorsqu'ils virent les deux femmes reprendre leur position.

– Ramez, vite, avant qu'ils reviennent avec des renforts !

– Leurs arcs sont moins performants que les nôtres, dit Lishay. Mais rien ne dit qu'ils n'ont pas d'autres armes.

– Il faut qu'on arrive à leur parler, dit Abéké, qui n'avait pas aimé tirer sur des gens qui ne pouvaient pas se défendre. Je suis sûre qu'on peut leur faire entendre raison.

– Mais qui sont-ils ? s'enquit Conor.

– Sans doute des prêtres qui considèrent Dinesh comme une divinité, répondit Tarik. C'est un phénomène fréquent, même si les Bêtes Suprêmes ne font rien pour l'encourager.

Ils accostèrent sur un ponton en bois situé devant la pyramide, puis quittèrent le bateau avec prudence, leurs armes à la main. Il n'y avait pas âme qui vive. Les grandes portes en bronze étaient fermées.

Rollan envoya Essix survoler la pyramide tandis que Tarik frappait aux portes d'un geste assuré.

– Nous sommes des Capes-Vertes ! répéta-t-il. Nous voulons seulement voir Dinesh, nous n'avons aucune mauvaise intention !

Aucune réponse ne leur parvint, et les portes restèrent closes.

– En même temps, on vient d'en blesser trois, remarqua Rollan. C'est un peu normal qu'ils se méf... hé, attendez !

Essix, revenue de son inspection, vola en cercle autour du garçon, avant de s'élancer dans le ciel.

– Elle a repéré quelque chose au sommet de la pyramide, indiqua-t-il. Je pense qu'elle a trouvé une autre entrée.

– Bien joué, le félicita Tarik.

Ils entreprirent l'ascension de la pyramide, qui était constituée de trente-neuf paliers hauts d'un mètre vingt environ, ce qui les obligeait à se hisser à la force des bras. C'était difficile, mais pas impossible. Sauf peut-être pour Rollan, qui n'était pas entièrement rétabli. Abéké se demanda avec inquiétude s'il arriverait jusqu'en haut. Dès la quatrième marche, il chancela. Conor lui tendit alors la main et il l'accepta avec gratitude.

Une fois à mi-hauteur, Tarik fit une pause pour observer le lac.

– Regardez! Là-bas!

Des ombres glissaient dans l'eau limpide, en provenance de la rivière souterraine. Des dizaines et des dizaines d'énormes créatures.

– Les crocodiles! s'exclama Abéké. Mais comment les têtes-de-serpent vont...

Elle s'interrompit. L'eau du lac fut soudain très agitée. De petites silhouettes attaquaient les grosses. Mais le combat était inégal. Les crocodiles pouvaient tuer plusieurs poissons d'un seul coup de mâchoires, alors que les dents des poissons étaient trop fines pour percer l'épaisse carapace des reptiles. Cependant, les têtes-de-serpent continuaient à affluer, se frayant vaillamment un passage à travers les centaines de cadavres éventrés de leurs congénères. Les crocodiles étaient si métamorphosés par la Bile qu'ils ne prenaient même pas le temps de dévorer les poissons morts.

– Il y a des gens sur le bord du cratère, dit Rollan. Des soldats!

– Avec des animaux totems! ajouta Conor, la main en visière. Des Conquérants!

Abéké distingua elle aussi des files de soldats qui descendaient sur les bords du cratère à l'aide de cordes.

– Mais comment sont-ils parvenus jusqu'ici ?

Meilin secoua la tête.

– C'est incroyable. Ce sont sûrement les mêmes qui ont attaqué mon père... mais s'ils sont déjà là, c'est qu'ils sont passés par le labyrinthe, comme moi !

– J'espère qu'il y a bien une entrée, sinon..., déclara Tarik d'un air sombre. En route !

Ils se hâtèrent d'escalader les dernières marches en s'aidant les uns les autres. Mais lorsqu'ils atteignirent le dernier palier, ils ne virent pas la moindre porte. Le dôme, une immense boule en pierre grise et grêlée, était bien plus imposant que les autres rochers qui constituaient la pyramide. Il était strié de mystérieuses lignes qui évoquaient une carte du monde.

– C'est une blague, Essix ? la gronda Rollan. Comment veux-tu qu'on rentre là-dedans ?

De sa position, haut dans le ciel, le faucon poussa un cri d'indignation.

– Je ne comprends pas, avoua Rollan, gêné.
Je pense qu'elle veut nous dire que l'entrée est là,
quelque part.

– On n'a pas de temps à perdre, les pressa Meilin.
Les crocodiles ont déjà traversé la moitié du lac.
Ils sont si gros qu'ils sont capables de grimper sur la
pyramide !

– Briggan pourra peut-être nous aider, dit Conor
en invoquant son loup.

Celui-ci se dirigea vers le dôme, le renifla et
s'assit.

– Il dit que c'est là ! s'exclama Conor.

Il s'approcha à son tour du dôme et l'observa
d'un air intrigué. Rollan le rejoignit. Essix se mit
à pousser des cris qui ressemblaient à des insultes.
Abéké fit surgir Uraza, qui la regarda d'un air
incrédule. Ses yeux semblaient dire « Mais enfin,
c'est évident ! »

– Montre-nous ! protesta-t-elle. Qu'est-ce qui
nous échappe ?

Uraza bondit et s'installa face au dôme, puis elle
se dressa sur ses pattes arrière et griffa la pierre. Des
étincelles jaillirent, provoquant un filet de fumée.

Un formidable tremblement secoua toute la pyramide. Uraza s'écarta précipitamment. Les uns et les autres vacillèrent, certains dégringolèrent sur l'avant-dernière marche.

«Encore un piège», pensa Abéké. Elle recula si vite qu'elle perdit l'équilibre. Quand elle voulut se relever, Uraza s'enroula entre ses jambes et la fit tomber à nouveau.

Elle releva la tête avec horreur, puis stupéfaction. Le dôme s'élevait et se déployait. Les mystérieuses lignes s'élargirent et se détachèrent, laissant apparaître une trompe aussi imposante qu'un tronc d'arbre, puis une énorme patte, et une deuxième, qui se plantèrent fermement sur le dernier palier de la pyramide.

Un éléphant se dressait devant eux, immense. Ses défenses, qui mesuraient vingt mètres, fendirent l'air dans un sifflement. Il braqua un regard féroce sur les Capes-Vertes.

– On ne me laissera donc jamais en paix ?

Dinesh

Meilin fut la première à retrouver la parole. Rollan avait la gorge nouée par la peur. Peur de se faire piétiner, embrocher par une des défenses, ou aspirer par la gigantesque trompe et avaler tout rond.

— Nous ne nous serions jamais permis de déranger votre tranquillité sans une raison sérieuse, déclara Meilin en s'inclinant respectueusement.

Les crocodiles que vous voyez ont été empoisonnés par les Conquérants, les hommes du nouveau Dévoreur. Nous sommes des ambassadeurs des Capes-Vertes, les compagnons des Quatre Perdues, et nous avons besoin de votre aide !

Elle libéra Jhi. La panthère et le loup la rejoignirent. Le faucon vola en rase-mottes au-dessus de leurs têtes, puis s'éloigna en criant.

Dinesh se baissa, ce qui, en soi, était assez terrifiant. La pyramide grinça, et Rollan eut l'impression de sentir les pierres trembler sous ses pieds.

– Oui, je vois que Jhi est ta compagne... et voici Uraza, qui m'a tiré de ma paisible méditation... Essix, toujours aussi solitaire... et Briggan, qui a l'air de chercher quelqu'un à mordre... Ils ne m'ont pas manqué. Ils sont bien petits... mais je suppose qu'ils vont grandir...

– Le temps presse, Dinesh, déclara Tarik. Nous sommes menacés. Pas seulement par les crocodiles, mais par une véritable armée aidée d'innombrables animaux totems. Ils ne chercheront pas à parlementer, ils iront droit au but.

– Comment ça ?

— Ils veulent votre talisman, Dinesh, répondit Rollan, retrouvant la voix. L'Éléphant d'Ardoise.

— Hum, gronda Dinesh. Mais ils ne l'auront pas si facilement. C'est ce que vous voulez aussi, n'est-ce pas ?

— Oui, dit Abéké. Pour combattre le Dévoreur.

— Vous dites qu'il est revenu ? Et Kovo, et Gerathon ? Ils sont sortis de leur prison ?

— Nous ne savons pas, répondit Tarik. Mais l'ennemi a déjà envahi de nombreux territoires, et des envoyés du Dévoreur cherchent à rassembler tous les talismans. Ils détiennent déjà le Sanglier de Fer...

— ... et vous, le Bélier de Granit, compléta Dinesh en posant ses petits yeux vifs sur Abéké, comme s'il sentait la présence du bijou sous sa chemise.

— Sans le talisman, intervint Conor, nous n'arriverons pas à...

— Leur échapper ?

— Les vaincre ! rétorqua Abéké.

— Ah, je vous ai peut-être mal jugés...

L'énorme éléphant poussa un soupir. Il jeta un regard vers le lac infesté de crocodiles, puis vers la paroi nord, qui fourmillait de soldats. Des échelles de corde pendaient sur le rocher et des bateaux avaient été mis à l'eau : de longs canoës, légers, qui avaient dû être transportés à travers le Grand Labyrinthe, puis la jungle.

– Allez-vous nous donner votre talisman ? s'enquit Conor à voix basse.

L'Éléphant fit crisser la pyramide en remuant.

– C'est un immense sacrifice que vous nous demandez là. Vous confier nos talismans, c'est vous confier une part de nous-mêmes. Enfin, les temps changent, c'est ainsi. Rien ne sert de fuir, comme Suka dans son tombeau de glace. Bien que... je ne sois pas certain qu'elle l'ait fait de son plein gré...

– Suka, l'Ourse Polaire ? s'enquit Tarik. Elle est ensevelie dans la glace ?

– Oui. Enfin, c'est ce qu'on m'a dit. Je me suis tenu à l'écart, ces dernières années. Loin du monde et de ses vaines agitations...

– Mais le monde vient à vous, que ça vous plaise ou non, remarqua Rollan. Dans cinq minutes, des centaines de crocodiles vont envahir votre île, escortés par des centaines de soldats. Allez-vous nous donner l'Éléphant d'Ardoise, oui ou non ?

— Je laisse le destin choisir. On verra qui sera encore en vie à la fin de la journée. Mais je suis prêt à faire un geste en votre faveur. Je vais ordonner à mes prêtres de se battre à vos côtés, afin de rendre les chances un peu plus égales.

L'Éléphant se dressa alors sur ses pattes arrière, atteignant ainsi une hauteur colossale. Il leva sa trompe et fit entendre un barrissement puissant, qui se répercuta à des kilomètres à la ronde. Puis il s'enroula sur lui-même. La couleur de sa peau fonça et il se métamorphosa en un immense dôme impénétrable.

L'écho de son cri ricochait encore contre les parois du cratère quand ils crurent percevoir en réponse de faibles coups de corne, accompagnés de gongs zhongais.

Les Capes-Vertes ne prirent pas le temps de s'interroger. Ils dévalèrent la pyramide. Au même instant, les premiers crocodiles sortirent de l'eau.

Par chance, les Capes-Vertes furent plus rapides. Arrivés devant les grandes portes en bronze, ils firent volte-face pour affronter l'ennemi, rejoints par les prêtres de Dinesh. Ceux-ci, vêtus de cottes de mailles, avaient troqué leurs masques pour des casques en acier luisant, munis de défenses effilées comme des lames. Ils étaient armés de lances et d'épées, et portaient des poignards à la ceinture. En quelques ordres brefs, ils se déployèrent devant les portes et formèrent une ligne défensive.

La première vague de crocodiles s'abattit sur eux et le massacre commença. La plupart se firent décimer : embrochés par les lances des prêtres, transpercés par l'épée de Tarik ou par les flèches d'Abéké et de Lishay, qui avaient été ravitaillées. Les rares qui réussissaient à franchir la première ligne recevaient un coup de hache de Conor, étaient mordus par Briggan ou se faisaient percer les yeux par Rollan. Uraza et Zhosur rôdaient autour et attaquaient tout ce qui remuait encore.

Et quand un crocodile, particulièrement énorme, réussit malgré tout à passer, il se fit distraire par Lumeo, qui l'agaça tellement qu'il s'entortilla sur lui-même. Tandis qu'il essayait de désengager sa queue d'entre ses pattes, Conor abattit sa hache sur sa tête.

Tarik profita des quelques minutes de répit avant l'arrivée de la seconde vague pour prendre la direction des opérations.

– Fermez les portes ! ordonna-t-il en se jetant lui-même contre l'un des vantaux, qui bougea à peine.

Une demi-douzaine de prêtres se joignirent à lui. En un instant, la porte fut refermée et barricadée par d'immenses barres en bois.

– Y a-t-il des archères ?

– Oui, répondit l'un des prêtres en faisant coulisser plusieurs panneaux à hauteur d'homme.

– Lishay, Abéké ! Mettez-vous en position et tirez !

Il inspecta du regard l'immense salle centrale. Une quarantaine de prêtres en armure et une dizaine en robe grise étaient rassemblés près d'une immense roue en bronze.

– À quoi sert cette roue ?

– Elle ouvre les vannes pour vider l'eau du lac, expliqua l'un d'entre eux.

Il était jeune et paraissait moins affecté par le chaos qui venait soudain troubler leur vie paisible.

– Et en combien de temps ?

– Nul ne le sait. C'est une défense ultime. On ne s'en est jamais servi jusque-là.

– Si cela crée un courant assez puissant, il emportera les canoës, dit Conor.

Tarik acquiesça d'un bref signe de tête.

– Comment peut-on voir ce qui se passe dehors ? Il faudrait qu'on sache où en est la flotte de l'ennemi...

Le prêtre désigna un escalier sur la gauche.

– Il y a des meurtrières fermées par des volets sur chaque palier. Mais une fois ouvertes, elles se voient de l'extérieur.

– Rollan, vas-y !

Alors que le garçon courait vers l'escalier, les portes vacillèrent sous l'assaut des crocodiles. Conor s'élança à la suite de son ami. Abéké et Lishay tirèrent à travers les archères. De leur propre initiative, les prêtres leur apportèrent des carquois remplis de flèches.

Rollan arriva au troisième étage à bout de souffle. Conor le rejoignit près de la meurtrière et ils regardèrent ensemble.

— Ils sont sur le lac ! cria Conor. Et ils sont guidés par un énorme crocodile ! Quand je dis énorme, c'est vraiment énorme !

— Ce doit être le Dévoreur, cria Tarik en retour.

Quelqu'un, en bas, poussa un cri effrayé.

— Si on pouvait le vaincre maintenant, dit Conor, ça mettrait fin à la guerre !

Rollan lui lança un regard déconcerté. Il avait du mal à partager son optimisme, alors qu'ils étaient un contre mille – sans oublier le crocodile géant...

Ils se dépêchèrent de redescendre au rez-de-chaussée.

— Vous n'avez pas vu des renforts sur le chemin des falaises ? s'enquit Meilin. Des Caval-Rhinos ou les soldats zhongais ?

— Non, dit Rollan, encore essoufflé. Juste des milliers et des milliers de Conquérants sur les parois du cratère, avec des centaines de bateaux.

— Sont-ils nombreux sur l'eau ? demanda Tarik.

— Un tiers, peut-être plus, répondit Conor.

— Alors ouvrez les vannes !

Les prêtres empoignèrent la roue et essayèrent de la tourner, qui en tirant, qui en poussant. Elle ne bougea pas d'un pouce.

Sous l'assaut des crocodiles, les portes tremblèrent à nouveau et les barres grincèrent.

– Ils sont complètement enragés! cria Abéké. J'ai tiré une dizaine de flèches sur celui-là et il attaque encore!

– Tous à la roue, hormis Lishay et Abéké! ordonna Tarik. Vous, les prêtres, reculez!

Conor, Rollan, Meilin et Tarik coururent vers l'immense roue.

– Tenez-la fermement et sollicitez la force de votre animal totem!

Ils poussèrent tous la roue, mais elle n'oscillait toujours pas. Les crocodiles continuaient à se jeter sur les portes, qui cette fois ployèrent. Les barres firent entendre un sinistre craquement.

– Les portes vont lâcher! cria Lishay.

– Poussez!

La roue ne bougeait pas.

– Jhi! appela Meilin. Viens nous aider!

Jhi s'approcha de son allure pataude, se dressa sur ses pattes arrière et posa les pattes avant sur l'un des rayons. Rollan avait entendu parler de la force phénoménale dont elle avait fait preuve dans le labyrinthe, mais il ne l'avait jamais vue en action.

– Tous ensemble ! cria Meilin. Maintenant !

Rollan ferma les yeux et poussa de toutes ses forces. Chacun puisa en lui jusqu'à sa dernière parcelle d'énergie.

Dans un bruit de gravier, la rouille qui bloquait la roue céda peu à peu. Elle se mit à tourner, d'abord lentement, puis plus vite, et finit par se laisser entraîner par son propre poids.

– Rollan, va voir si le lac se vide ! ordonna Tarik.

Au même instant, une des barres céda, il n'en resta qu'une pour maintenir les portes fermées.

– Les autres, préparez-vous à vous battre !

Lorsque la dernière barre vola en éclats, Abéké et Lishay bondirent sur les côtés. Un horrible crocodile aux yeux rouges se précipita à l'intérieur, où il fut cueilli par les lances des prêtres. D'autres reptiles s'engouffrèrent à sa suite et écartèrent les grands vantaux de bronze. Tarik et les autres chargèrent.

La pyramide résonna des cris du combat, du cliquetis des armes et du raclement des crocodiles contre la pierre. Rollan s'élança dans l'escalier. Il gagna directement le huitième niveau afin d'avoir une vue panoramique. Il ouvrit le volet avec précipitation et constata que l'armada ennemie avait déjà parcouru la moitié de la distance qui la séparait de l'île. Des centaines de canoës avaient été mis à l'eau, et autant se préparaient à l'être.

Le crocodile géant avait disparu, ce qui l'inquiéta. Et rien n'indiquait que le lac était en train de se vider. C'était pourtant leur seule chance : qu'un courant emporte les bateaux, et leurs passagers avec.

Rollan referma le volet et courut vers le mur est.

De nouveau, rien. Il courut vers le mur sud. Essix poussa un cri au-dessus de sa tête, sortit par la meurtrière et se posa sur le rebord. Dans un flash, Rollan visualisa soudain les moindres détails de la scène qui s'offrait à ses yeux, mais il ne put distinguer le Dévoreur au milieu de tous ces préparatifs.

Son attention fut cependant attirée par une pierre plus foncée que les autres, juste sous les griffes d'Essix. Le gris soutenu, évoquait la couleur de

Dinesh. Rollan passa la main à l'extérieur. Alors qu'il effleurait la roche du bout des doigts, il découvrit, sculpté dans la pierre, un éléphant de la taille de sa paume. Il en suivit les contours, puis, sans réfléchir, l'enfonça.

L'Éléphant apparut en relief. Un petit éléphant gris accroché à une chaîne en or.

C'était le talisman !

Il tendit la main pour s'en emparer, puis arrêta son geste. Les pensées se bousculaient dans sa tête. Une fois le talisman en leur possession, ils pourraient fuir avec le bateau et filer par le chemin à travers les falaises. Évidemment, c'était très risqué.

Et surtout, le talisman ne leur appartenait pas. Dinesh ne le leur avait pas donné, Rollan l'avait trouvé par hasard. Le prendre revenait à le voler. Était-ce une bonne idée de provoquer la colère d'une Bête Suprême ?

Quand il vivait à Concorba, il lui était arrivé de voler : c'était alors une question de survie. Mais il ne s'était jamais considéré comme un voleur. Il avait sa propre morale, qui l'avait empêché de devenir

un criminel endurci, comme tant d'orphelins avant lui. «Ne jamais voler les pauvres ni les malades. Et jamais si tu peux l'éviter.» N'était-ce pas le cas? Ne valait-il pas mieux mériter le talisman?

Ses doigts lui brûlaient. Dinesh était si puissant. Le pouvoir de son talisman devait être immense!

Il replaça lentement l'éléphant dans la roche, tout en se traitant de sombre imbécile. Il n'osait même pas imaginer la tête de Meilin si elle apprenait qu'il avait remis le talisman.

Une voix résonna alors dans sa tête.

«Bien, déclara Dinesh. Si tu t'en étais emparé contre ma volonté, je vous aurais considérés comme des ennemis. Mais comme tu me l'as restitué, je me montrerai bienveillant.»

Essix approuva d'un signe de tête et les épaules de Rollan s'affaissèrent sous l'effet du soulagement.

– Euh... merci, balbutia-t-il, sans savoir si l'éléphant l'entendait.

Il ne reçut pas de réponse. Essix s'élança dans les airs et vola jusqu'à la meurtrière suivante. Rollan courut l'ouvrir.

Il découvrit qu'une brèche s'était ouverte dans le mur sud, un trou de cinq mètres de diamètre environ, d'après ce qu'il pouvait en voir. L'eau s'y engouffrait, provoquant des remous à la surface.

Le lac se vidait, mais pas assez vite. Le courant ne serait pas assez puissant pour entraîner les canoës de l'ennemi.

« Des renforts arrivent, annonça Dinesh. Regarde à l'ouest. »

Le dernier affrontement

Conor s'écarta du champ de bataille et essuya sa hache sur sa tunique. Tous les crocodiles avaient été tués. Les Capes-Vertes et les prêtres s'activaient au milieu du carnage, nettoyant leurs armes et dénombrant les blessés. Meilin aida à panser un prêtre qui avait une vilaine morsure, tandis que Jhi lui léchait le visage.

– On ne pourra pas tenir longtemps maintenant que les portes ont été enfoncées, dit Tarik à Lishay, qui nettoyait des flèches pour s'en resservir. Soit on se replie en haut de la pyramide, soit on court vers le bateau en espérant qu'il reste assez d'eau...

– Il n'y aura pas assez de place pour tout le monde ! protesta Conor en jetant un regard soucieux aux prêtres.

Malgré leur accueil hostile, les prêtres s'étaient vaillamment battus à leurs côtés. Il aurait été injuste de les abandonner à leur sort.

Mais s'ils ne quittaient pas les lieux, ils allaient tous mourir. Les Conquérants vaincraient, et le monde d'Erdas tomberait aux mains du Dévoreur.

Rollan dévala les escaliers, à bout de souffle.

– Le lac... se vide, mais pas... assez vite... Les canoës... approchent...

Il fit une pause pour reprendre sa respiration.

– Il y a aussi... de bonnes nouvelles. Les Caval-Rhinos arrivent par la falaise ! Avec des soldats zhongais... aux étendards pourpre et argent !

– Mon père ! s'écria Meilin.

– Je ne sais pas par quel miracle ils sont là, dit Tarik, mais ça change la donne.

– Xue! s'exclama Conor. Je parie que c'est elle qui les a prévenus!

– As-tu vu le Dévoreur? s'enquit Tarik. Ou le crocodile géant?

Rollan secoua la tête.

– Combien de temps nous reste-t-il avant que les canoës accostent?

– Une dizaine de minutes. Mais certains font déjà demi-tour pour contrer les Caval-Rhinos.

– Bon. On va aller voir ça de plus près. Restons groupés et tenez-vous prêts à vous retrancher ici au besoin.

– D'après Essix... la voie est libre, indiqua Rollan, le regard soudain lointain.

Conor jeta un regard à Briggan, qui se tenait fièrement campé sur un crocodile, et lui sourit d'un air complice. Même s'il perdait la vie dans la bataille, il avait vécu plus d'aventures qu'il n'aurait pu rêver quand il gardait des moutons.

Tandis que Tarik essuyait son épée sur son pantalon, les autres se rangèrent en triangle derrière lui.

Briggan, entouré de Zhosur et d'Uraza, s'élança en tête. Jhi donna un dernier coup de langue au prêtre blessé, avant de se transformer en tatouage sur le bras de Meilin.

Ils franchirent les portes et avancèrent sous le soleil. Essix, qui volait bas au-dessus de leurs têtes, poussa un cri qui fit sursauter les prêtres.

Les Conquérants continuaient à se déverser par milliers dans le cratère, escortés d'animaux totems de toutes sortes : des lynx, des couguars, des chacals, des sangliers, des ours, des hyènes... Le ciel était envahi de chauves-souris, de corbeaux, de vautours et d'aigles.

Le lac, dont le niveau avait légèrement baissé, était couvert de bateaux. L'eau se vidait, mais au lieu d'emporter les canoës, le courant les poussait plus rapidement vers l'île.

Sur la berge ouest, les Conquérants se rangeaient en bataillons serrés. Un kilomètre plus au sud, les Caval-Rhinos surgissaient du chemin des falaises, chacun portant en croupe un soldat zhongais. Ceux-ci sautaient à terre et couraient se mettre en rangs. Leurs armures laquées étincelaient au soleil.

Cependant, même réunis, les Caval-Rhinos et les Zhongais étaient bien moins nombreux que les Conquérants.

– On va se faire massacrer, dit Meilin à voix basse. Ils sont trop nombreux.

Le cœur de Conor flancha. Il savait qu'elle avait raison. L'espoir qui s'était emparé d'eux à l'arrivée des Caval-Rhinos retombait déjà.

– Si vous voulez nous aider, dit Rollan à côté de lui, c'est le moment ou jamais.

Conor écarquilla les yeux.

– À qui tu parles ?

– Euh... à Dinesh. Il me doit une faveur. Ou alors, c'étaient des paroles en l'...

L'île fut soudain traversée d'une secousse, et Rollan se rattrapa à l'épaule de son ami.

– Qu'est-ce que c'était ? s'exclama Conor.

– Regarde ! cria Rollan en désignant le dôme.

L'immense sphère se mit à osciller, comme si elle se détachait de son socle.

– Cours ! cria-t-il. À gauche !

La sphère roula sur elle-même, écartant les blocs de pierre aussi facilement que des cubes d'enfants.

Lorsqu'elle bascula sur le premier palier, le sol trembla. Les Capes-Vertes et les prêtres s'enfuirent vers la rive. La sphère dévala les marches suivantes, grossissant au fur et à mesure, jusqu'à atteindre trente-cinq mètres de diamètre.

À mi-parcours, elle s'éleva soudain dans les airs, puis retomba, provoquant un choc si violent que tout le monde perdit l'équilibre. Elle rebondit alors et remonta, haut, toujours plus haut, grossissant encore. Conor retint son souffle en la voyant amorcer sa descente, immense boule de pierre qui tournoyait sur elle-même, et fonçait droit sur la flotte ennemie.

La sphère heurta la surface du lac avec une force incroyable, provoquant une gigantesque gerbe d'eau : les canoës, les soldats, les animaux totems et les crocodiles furent soulevés dans les airs.

Conor se jeta à plat ventre, les mains sur la tête.

Des trombes d'eau retombèrent tout autour d'eux. Une vague se fracassa contre l'île et déferla jusqu'au pied de la pyramide. Mais elle fut moins puissante qu'il ne l'avait craint : l'essentiel de l'eau était passé par-dessus les bords du cratère.

Il se releva le premier. La peur au ventre, il chercha frénétiquement Briggan. Il le trouva tapi au milieu des félins, les babines retroussées, tremblant de tous ses membres. Les autres totems étaient indemnes, même Essix, qui volait si haut qu'elle n'était plus qu'un point noir dans le ciel.

Un tête-de-serpent tomba aux pieds de Conor. Dès qu'il toucha le sol, il chercha à le mordre. Conor lui ôta la vie d'un coup de hache.

Un barrissement attira son attention.

– Regardez ! cria Rollan en tendant le doigt.

Le lac était à présent à sec, le fond rocheux à découvert et jonché de Conquérants blessés et de canoës brisés. Au centre, l'immense sphère se déployait. Dinesh l'Éléphant apparut. Il leva sa trompe et poussa un véritable cri de guerre. Mais il n'y avait plus un seul ennemi autour de lui.

Il était cependant trop tôt pour crier victoire. Sur les berges, les Conquérants gagnaient du terrain. Bien qu'amputée d'un tiers de ses effectifs, l'immense armée avançait inexorablement vers les Caval-Rhinos et les résistants zhongais. Les Caval-Rhinos s'étaient groupés sur les rives du lac vidé,

tandis que les soldats zhongais s'entassaient sur les pentes du cratère.

Dinesh barrit, puis se dirigea lourdement vers le lieu où allait se livrer la bataille. Le son des cornes retentit soudain. Jodoboda donna un signal avec sa lance et tous les rhinocéros chargèrent, tête baissée.

Les Capes-Vertes allaient prendre un même élan, mais Tarik les arrêta.

– Attendez ! Il faut réfléchir avant d'agir et surtout, ne pas se séparer ! Où on sera les plus utiles ?

Conor savait où penchait le cœur de Meilin, qui scrutait les résistants zhongais à la recherche de son père.

– Ça peut être dangereux de se battre aux côtés des rhinocéros, remarqua-t-il. On risque de se faire piétiner. Mieux vaut rejoindre le général Teng.

Meilin lui jeta un regard surpris. Son envie d'approuver se lisait sur son visage comme sur un livre ouvert. Mais elle secoua vivement la tête, une lueur d'angoisse dans les yeux.

– Mon père n'a pas besoin de nous. Dinesh est seul contre tous. C'est lui qu'il faut soutenir.

– Je suis d'accord, acquiesça Tarik. On suit Dinesh et on reste ensemble!

Il se mit à courir en direction de l'éléphant. La présence de Lumeo sur son épaule le rendait plus rapide et plus agile, et les autres peinèrent à le suivre. Ils virent les rhinocéros foncer vers les Conquérants, qui les attendaient de pied ferme, boucliers levés, lances dressées.

Les rhinocéros, les animaux totems et les soldats entrèrent en collision. Jamais les Capes-Vertes n'avaient entendu un fracas aussi effroyable. On aurait dit un cri de douleur et de colère poussé par un gosier métallique.

Sans attendre, Dinesh se jeta à son tour dans la mêlée. La plupart s'enfuyaient devant lui, mais certains, plus courageux, l'encerclèrent. La Bête Suprême barrissait, piétinait tout autour de lui, attrapait des soldats avec sa trompe et les balançait sur les troupes. Ses défenses fauchaient les rangs ennemis et laissaient de véritables tranchées dans leur sillage.

Les Caval-Rhinos avaient réussi à pénétrer les troupes des Conquérants, mais ils se retrouvaient maintenant cernés de toutes parts, et isolés de leurs alliés, les résistants zhongais.

Des coups de gong retentirent et Conor aperçut alors un homme, de haute stature, qui entraînait les troupes en avant, l'épée étincelant au soleil. Sûrement le général Teng! La fierté illumina le visage de Meilin. Les soldats zhongais progressaient dans une grande discipline. Tous les dix mètres, ils s'arrêtaient et envoyaient une volée de flèches.

Le moment était venu pour les Capes-Vertes de se joindre au combat. Près de Conor, Briggan aboya et mordit l'air, pressé d'en découdre. Le garçon agrippa sa hache des deux mains. Rollan lui sourit.

– Tous pour un?

– Un pour tous, répondit Conor, souriant en retour.

Une sensation de chaleur le parcourut. Mais le réconfort fut de courte durée: alors qu'ils fonçaient vers l'éléphant, la pression de la foule les obligea à se séparer.

– Mettez-vous par deux! cria Tarik.

Il esquiva de justesse la hache à double tranchant d'un soldat et lui blessa le bras. Lumeo, qui virevoltait autour de lui, lui mordit le jarret. Lorsqu'il s'écroula, Zhosur lui infligea une profonde morsure au cou, avant de bondir pour attaquer un chacal qui menaçait Lishay.

Conor se retrouva dos à dos avec Abéké. Ils se battirent ensemble, comme dans les marécages, Briggan et Uraza à leurs côtés. Pendant que Conor et les deux animaux totems tenaient les soldats en respect, Abéké les arrosait froidement de flèches.

– Ils fléchissent! cria Tarik. Continuez!

Les Conquérants montraient en effet des signes de faiblesse. Pris en étau entre les Caval-Rhinos et les soldats zhongais, certains préféraient jeter les armes.

Les prochaines minutes allaient être décisives. L'espoir renaissait dans les cœurs des Capes-Vertes et de leurs alliés, tandis que les Conquérants éprouvaient pour la première fois des bouffées de peur. Puis un crocodile géant, plus gros encore que les autres, surgit du fond du lac.

– Je le reconnais! s'exclama Abéké.

– C'est le...? balbutia Conor en essuyant la sueur de son front.

– Oui. Je l'ai vu au pied du trône du Dévoreur, répondit-elle, une expression de dureté sur le visage.

– Le Dévoreur, chuchota-t-il.

Le silence se fit. Les combats cessèrent. L'attention se reporta instantanément sur l'animal.

Un homme immense se tenait debout sur le dos du crocodile. Il portait une cotte de mailles rouge et un casque dissimulait son visage.

– Général Gar ou pas, il va goûter de mes flèches, déclara Abéké.

L'arrivée du crocodile et de son cavalier renouvela l'ardeur des Conquérants. Un cri fusa. Ils chargèrent à nouveau. La bataille redoubla d'intensité, des petits groupes se formèrent un peu partout et le chaos s'installa.

Conor perdit de vue les autres Capes-Vertes. Veillant à rester près d'Abéké, il se battait à un rythme effréné quand un carcajou l'attaqua par-derrière et planta ses dents pointues dans son bras. Dans un cri de douleur, il lâcha sa hâche et posa un genou à terre.

Briggan gronda, mais Abéké était plus près. Elle le visa d'une flèche, puis se ravisa soudain et lui asséna un coup de poing dans la gueule.

— Qu'est-ce qui t'a pris ? s'étonna Conor, une main serrée sur son bras ensanglanté l'autre cherchant sa hâche à tâton. Pourquoi tu l'as épargné ?

Abéké ne répondit pas. Elle regardait autour d'elle, les yeux écarquillés. Soudain, elle se figea. Un garçon venait de surgir entre les soldats. À peine plus âgé qu'eux mais plus costaud, il avait les cheveux blonds et la peau blanche. Un éclair de reconnaissance passa entre eux. Conor, qui tentait de se redresser en s'agrippant à Briggan, vit la scène sans la comprendre. Abéké paraissait sous le choc, presque pâle. Le garçon blond sourit et lui fit un signe.

Abéké n'avait pas encore retrouvé ses esprits qu'un soldat surgit et brandit son épée au-dessus de sa tête. Conor bondit dans un cri et bloqua la lame avec sa hache. Mais le garçon blond avait paré le coup en même temps que lui et leurs deux armes s'entrechoquèrent.

Revenant à elle, Abéké enfonça la flèche qu'elle tenait à la main dans la poitrine du soldat, tandis que Briggan sautait à la gorge du carcajou qui menaçait de l'attaquer à nouveau.

Le garçon blond dégagea lentement son sabre, sans quitter Conor des yeux.

– Renneg! appela-t-il.

Le carcajou fit entendre une drôle de toux et recula.

– Shane! s'exclama la jeune niloaise.

– Abéké.

Il hocha la tête avec tristesse, mais il ne s'attarda pas et disparut dans la marée humaine.

– Qui c'est? s'exclama Conor, tout en faisant tournoyer sa hache.

– Ça ne te regarde pas, rétorqua Abéké.

Les joues rouges, elle évita son regard. Conor s'était souvent demandé pourquoi elle était restée si longtemps avec les Conquérants. Ce garçon était peut-être un début de réponse...

L'espace était maintenant dégagé autour d'eux. Une centaine de mètres plus loin, Conor aperçut Tarik, Lishay, Meilin et Rollan qui s'étaient enfin frayé un passage jusqu'à Dinesh. Mais l'éléphant avait décidé de se retirer du combat et ne frappait et ne piétinait plus que ceux qui étaient assez idiots pour se mettre en travers de son chemin.

— Il me semble que les chances sont à présent égales, ou à peu près. Que le meilleur gagne. Je rencontrerai le vainqueur à l'issue de la bataille.

Sur ces mots, il s'éloigna, faisant trembler le sol à chaque pas.

Les Conquérants restèrent un instant stupéfaits, sans croire à leur chance. Puis ils foncèrent sur les Capes-Vertes et leurs animaux totems, empêchant Abéké et Conor de les rejoindre.

Une terrible perte

os à dos ! ordonna Tarik.

   Meilin se mit en place avec lui, Lishay et Rollan. Leurs épaules se touchèrent, puis ils furent bousculés par Jhi, qui surgit entre eux. Le panda se tenait droit comme une colonne. Ils s'adossèrent contre son corps massif et, instantanément, se sentirent ressourcés. Lumeo se réfugia entre les jambes de Tarik, mais Zhosur repartit à l'attaque en grondant tandis qu'Essix, dans le ciel, affrontait une demi-douzaine d'oiseaux ennemis. Seule son incroyable rapidité lui permettait d'échapper à leurs assauts.

En moins d'une minute, les Capes-Vertes se retrouvèrent encerclés. Meilin faisait tournoyer sa canne si vite qu'on ne la voyait presque plus. Le poignard à la main, Rollan fondait sur l'ennemi comme Essix sur ses proies. L'épée de Tarik étincelait et le sabre de Lishay sifflait. Mais l'ennemi était trop nombreux. Ce n'était plus qu'une question de minutes avant que l'un d'entre eux soit tué ou blessé. C'était la fin.

Puis tout à coup, les Conquérants reculèrent, repoussés par la charge menée par un Tergesh armé d'une lance et par un soldat en pourpre et argent dont l'épée virevoltait et frappait avec une énergie peu commune. Ils étaient suivis par des résistants zhongais et des Caval-Rhinos qui se battaient ensemble comme s'ils s'y étaient entraînés toute leur vie.

Lorsque Meilin reconnut l'écusson sur le casque du soldat, son cœur bondit dans sa poitrine.

– Père !

— Jodoboda ! s'exclama Rollan.

Le général Teng salua Meilin de son épée, puis se lança de nouveau dans le combat. Les ennemis, qui ne s'attendaient pas à cet ultime sursaut, tombaient sous ses coups comme des mouches. Beaucoup jetaient leurs armes, effrayés par les rhinocéros. Le bruit de leurs sabots était assourdissant.

La vue de son père en train de se battre, puissant et efficace, lui redonna de l'espoir. Il avançait au rythme des rhinocéros, tout en criant des ordres à ses hommes. Elle eut envie de le rejoindre, mais elle se raisonna : les Capes-Vertes avaient besoin d'elle, elle ne pouvait pas les abandonner.

Soudain, le crocodile géant et son cavalier se frayèrent un passage à travers les rangs des Conquérants en débâcle, les écrasant sans scrupules. Jodoboda voulut se diriger vers eux, mais il ne fut pas assez rapide. Les mâchoires puissantes du crocodile se refermèrent sur le cou épais de son rhinocéros, qui s'écroula. Jodoboda s'accrocha à lui un peu trop longtemps, incapable d'accepter sa mort. Quand il lâcha enfin la chaîne et sauta sur le côté, il se cassa la jambe et ne se releva pas.

Le crocodile repoussa le rhinocéros mort de son horrible museau et avança droit sur les Capes-Vertes. Son cavalier sortit une lame en forme de croissant d'un fourreau qu'il portait en travers de la poitrine. Il fit mine de la lancer sur Tarik, plus proche de lui. Par réflexe, celui-ci leva son épée pour la bloquer, mais au dernier moment la lame partit en direction de Lishay.

Appuyée contre Jhi, épuisée, celle-ci ne vit rien venir.

Zhosur bondit. La lame le toucha au cou. Fauché en plein vol, le tigre s'écroula aux pieds de Lishay, qui poussa un terrible cri de peur et de douleur.

Elle s'agenouilla près de lui et plongea les mains dans sa fourrure blanche. Meilin s'accroupit près d'elle. Peut-être Jhi pouvait-elle le sauver, si elle intervenait vite?

Mais Zhosur avait déjà une dizaine de blessures et il avait perdu beaucoup de sang. Avant même de le toucher, elle sut qu'il était mort.

Lishay cria à nouveau, un cri de désespoir qui vrilla le cœur de Meilin.

Tarik rugit. Il se jeta en avant pour frapper le crocodile, mais celui-ci, d'un coup de tête, l'envoya valser dans les airs. Il fit un vol plané et s'écrasa de tout son long. Lumeo courut le rejoindre en couinant de détresse.

Meilin bondit sur ses pieds pour lui porter secours, mais Rollan la tira en arrière à la seconde même où les mâchoires du crocodile se refermaient sur elle.

– Attention ! cria la voix de son père.

Le crocodile n'eut pas le temps d'attaquer à nouveau : une pluie de coups d'épée s'abattit sur son museau. Des étincelles jaillirent de son étrange carapace et des gouttes de sang giclèrent.

– Meilin, recule ! ordonna le général.

D'un revers d'épée, il dévia une autre lame-croissant. Le crocodile voulut le mordre, mais Teng l'esquiva en pliant les genoux et en posant une main à terre.

Les mâchoires claquèrent dans le vide.

Rollan attrapa Meilin par la taille et l'attira à l'écart.

– Lâche-moi ! cria-t-elle. Père !

Elle se débattit pour se dégager, mais elle fut brutalement tirée en arrière par une solide poigne.

– Il est trop gros pour être combattu de près ! déclara une voix de femme.

Elle fit volte-face. C'était Xue, mais sans son sac. Elle se tenait droite et ses baguettes étaient couvertes de sang.

– Trouvez des arcs et des flèches !

Meilin regarda autour d'elle frénétiquement. Elle ne vit ni arc ni flèche, mais elle aperçut la lance de Jodoboda à moitié enfoncée dans le sol. Elle courut s'en emparer.

Rollan avait déniché un arc et tentait désespérément d'encocher une flèche qui n'était pas adaptée. Le général Teng évita un nouveau coup de dents et frappa le crocodile, provoquant une nouvelle gerbe d'étincelles, mais sans parvenir à le blesser.

– Aide-moi, maintenant, Jhi, chuchota Meilin.

Elle posa la lance sur son épaule, l'attrapa à pleines mains, plia les genoux et visa l'œil du crocodile.

« C'est comme une tige de bambou très pointue... », songea-t-elle. Une sensation de calme et de force l'envahit. Elle percevait la présence de Rollan et de Xue derrière elle, entendait Abéké et Conor qui les appelaient, mais elle les ignora. Solidement plantée sur ses deux pieds, la lance posée sur son épaule droite, elle prit une profonde inspiration, puis banda ses muscles...

Au même instant, le général Teng glissa sur l'herbe imbibée de sang. Il retrouva presque instantanément son équilibre et brandit son épée, mais le crocodile était déjà sur lui et ses puissantes mâchoires se refermèrent sur son ventre dans un horrible crissement métallique. Une grimace de douleur défigura son visage, mais il ne cria pas. L'épée lui tomba des mains. Le crocodile le relâcha et il roula sur le sol.

Les soldats zhongais ne crient jamais leur douleur. Meilin non plus. Malgré le choc, elle préféra agir plutôt que de crier.

Renonçant à envoyer sa lance, elle chargea.

– Meilin, non ! cria Rollan.

Il ne fut pas assez vif pour l'arrêter.

Le crocodile non plus. Il donna un coup de tête pour attraper la lance avec ses dents, mais trop tard.

Elle heurta le coin de sa gueule. Portée par la force de Meilin et Jhi réunies, la pointe en acier s'enfonça profondément dans sa mâchoire, lui infligeant une grave blessure.

Mais pas assez grave pour le tuer.

Le crocodile ouvrit la gueule pour mordre l'impudent qui avait osé le blesser et reçut la flèche de Rollan en plein gosier. Son cavalier aperçut alors d'autres archers qui accouraient, suivis par d'autres Capes-Vertes.

Il fit cabrer le crocodile.

– Nous vaincrons ! clama-t-il.

Mais contre toute attente, il fit volte-face et s'enfuit à une vitesse étonnante, bousculant tout sur son passage, amis et ennemis sans distinction.

À partir de cet instant, la bataille fut perdue pour les Conquérants. Voyant leur général battre en retraite, les soldats détalèrent à leur tour, poursuivis par les Caval-Rhinos.

Pour Meilin, le champ de bataille s'était recouvert d'un épais brouillard. Elle courut vers son père et s'agenouilla près de lui. Du sang coulait de ses lèvres, mais par miracle, il respirait encore.

– Jhi ! Jhi ! appela-t-elle.

Jhi approcha et posa la patte sur la poitrine broyée du général. Elle appuya doucement, puis recula.

– Non, protesta Meilin en l'attrapant par la patte pour la retenir. Aide-le !

Jhi ne bougea pas. Elle resta assise, indiquant par son immobilité qu'il n'y avait rien à faire.

– Meilin...

Ce n'était qu'un souffle de voix. Meilin, en larmes, appuya sa joue contre celle de son père.

– Père, je suis là.

– Je suis... fier de toi, ma fille.

Ses paroles étaient à peine audibles à travers le vacarme des combats.

– J'aurais dû te dire... trahis... la Bile...

Il se tut. Elle sentit le visage de son père se relâcher sous sa joue. En se redressant, elle vit ses yeux, bruns comme les siens, fixer un vide éternel.

Autour d'elle, le monde devint silencieux. Meilin perdit toute conscience de ce qui l'entourait.

Elle sentit que Rollan posait la main sur son épaule, et Jhi sa truffe sur son oreille. Elle n'eut aucune réaction. Elle se pencha sur son père et laissa couler ses larmes.

Ce n'est pas vrai qu'un soldat zhongais ne pleure jamais.

Essix, qui avait perdu quelques plumes dans la bataille, vint se poser à côté d'elle. Conor et Abéké arrivèrent à leur tour, mais ils n'osèrent rien dire. Tandis que Conor aidait Tarik, à demi conscient, à se relever, Abéké se pencha sur Lishay. Uraza poussa du nez le corps de Zhosur et fit entendre un gémissement plaintif.

Meilin, agenouillée, se balançait d'avant en arrière. Elle n'avait qu'une envie : s'envoler, comme Essix, loin du champ de bataille. Mais le devoir l'appelait, elle ne pouvait pas abandonner Jhi et les autres, ni le peuple d'Erdas. S'envoler n'était qu'un rêve, rien d'autre.

Elle sécha ses larmes et se leva.

– Les bambous fleurissent et les hommes meurent, dit Xue. Ce qui compte, c'est la façon dont nous choisissons de mener notre vie.

Meilin acquiesça en silence, incapable de parler. Ces mots lui étaient familiers. C'était un ancien dicton zhongais. Mais c'était la première fois qu'ils lui étaient adressés personnellement.

Son père et elle avaient parcouru un long chemin depuis Jano Rion. Il ne ferait pas le voyage de retour.

La main de Tarik se posa lourdement sur son épaule en signe de réconfort. La bataille était finie, laissant derrière elle une traînée de morts, de blessés et de survivants endeuillés. Maintenant que les bruits des combats s'étaient tus, un étrange silence régnait.

— On a gagné ? demanda Rollan.

— Pour l'instant, répondit Tarik.

— Lishay est vivante, cria Abéké, mais je n'arrive pas à la réveiller !

— Laisse-la, lui dit Xue. Perdre son animal totem, c'est mourir un peu. Certains s'en remettent...

Tarik ferma brièvement les yeux, comme si cette simple idée lui était insupportable.

— Peut-être vaudrait-il mieux récupérer le talisman tout de suite ? suggéra Rollan. Je veux dire, si jamais ils reviennent et contre-attaquent...

— Comment ça, récupérer le talisman ? s'étonna Conor.

— Hum, ouais, bon. Je ne vous l'ai pas dit, mais quand on était dans le temple, je l'ai trouvé et... euh... je l'ai remis à sa place...

— Quoi ?! s'exclamèrent Conor et Abéké à l'unisson.

— Dinesh m'a félicité ! se justifia-t-il. C'est pour ça qu'il nous a aidés ! Il a dit que si on gagnait, on pourrait l'avoir... alors...

— Je me demandais pourquoi Dinesh avait volé à notre secours, dit Tarik en fixant le garçon. Sincèrement, Rollan, tu as l'étoffe d'un Cape-Verte, bien plus que tu le penses. J'espère que tu finiras par nous rejoindre pour de vrai !

— Ne nous emballons pas, dit Rollan. Si je me rallie maintenant, vous n'aurez plus personne à qui faire la morale...

— On vient avec toi, déclara Meilin à voix basse.

Alors que la dépouille de son père gisait à ses pieds, elle n'avait pas la force de se séparer des autres. Elle n'avait plus qu'eux au monde.

Elle tendit la main. Surpris, Rollan la prit. Leurs regards se croisèrent. Conor et Abéké hésitèrent, puis tendirent la main à leur tour et se regardèrent. Ils étaient couverts de sang et épuisés, mais ils avaient remporté une première bataille contre le Dévoreur. Ensemble.

Jhi, qui avait observé la scène de ses yeux argentés, glissa un regard furtif vers Briggan. Le loup semblait sourire, la langue pendante. Uraza renifla et se mit à lécher ses pattes ensanglantées, tandis qu'Essix, haut dans le ciel, laissait échapper un long cri perçant.

L'Éléphant d'Ardoise

Dinesh les reçut au pied de la pyramide, en présence des prêtres rescapés. L'Éléphant Suprême, qu'ils avaient vu criblé de blessures, paraissait indemne, quoiqu'un peu plus petit peut-être.

Les prêtres avaient revêtu leur masque d'éléphant et leur robe grise, même si nombre d'entre eux portaient des bandages.

— Alors, vous avez gagné et vous venez réclamer mon talisman, dit-il.

— Nous venons vous le demander humblement, corrigea Rollan, diplomate.

— Et vous remercier de votre aide, ajouta Abéké.

— Je n'ai fait que rendre la partie plus égale, d'autant qu'ils avaient avec eux ce reptile géant...

— Est-ce une Bête Suprême? s'enquit Conor. Comme nos animaux totems?

— Oh non, mon garçon. Aucune créature ne peut devenir une Bête Suprême. Néanmoins, ce cavalier ressemblait étrangement à...

— Je suis certaine que c'était le général Gar, l'interrompit Abéké. Même si je n'ai pas pu voir son visage!

— Aucun doute n'est plus possible: le Dévoreur est de retour, renchérit Tarik.

— Que ce soit lui ou pas, vous ne devez pas vous attarder ici, reprit Dinesh. Les Conquérants ont été vaincus, mais des renforts arrivent. Ils ont taillé un passage à travers le Grand Labyrinthe de Bambous et plus aucune région du Pharsit Nang n'est sûre. Les combats ne vont pas tarder à reprendre. Pour ma part, je vais chercher un lieu plus calme pour continuer mes méditations.

– Nous repartirons avec les Caval-Rhinos, s'ils sont d'accord, déclara Tarik en se tournant vers Jodoboda.

Le chef, qui portait une attelle à la jambe, devait s'appuyer sur un de ses hommes pour tenir debout. Sa longue barbe était broussailleuse et il avait passé la chaîne de son rhinocéros autour de son cou, en signe de deuil.

– Vous pouvez compter sur nous, acquiesça-t-il. Et les résistants zhongais aussi. Nous avons décidé de suivre votre conseil, Petite Mère, et de défendre le Pharsit Nang avec eux, ajouta-t-il en direction de Xue. Vous êtes arrivée à vos fins.

– Vous voulez dire que vous avez retrouvé votre bon sens, rétorqua-t-elle.

– Merci, dit Rollan à Jodoboda. On n'aurait pas pu s'en sortir sans les rhinos et le père de Meilin... et vos prêtres, aussi, Dinesh.

– Chacun a fait son devoir, dit Dinesh en poussant un lourd soupir. Allez prendre le talisman. Il est à vous.

Rollan fit une courbette rapide mais sincère, et gravit en courant les paliers irréguliers de la pyramide, Essix volant au-dessus de sa tête.

Lorsqu'il revint, le silence régnait. Ils étaient tous épuisés. Ils avaient gagné la bataille et l'Éléphant d'Ardoise, mais à quel prix ? Quels nouveaux sacrifices leur réservait la prochaine quête ?

– Je l'ai ! s'exclama Rollan.

Il brandit la chaîne où pendait le talisman, afin que tous puissent l'admirer.

– Surtout, dit Conor, tu ne le donnes à personne...

Rollan le regarda, interloqué, puis comprit qu'il plaisantait.

– Une fois, ça suffit, dit-il. On ne va pas en faire une habitude !

– Quel talisman allez-vous chercher maintenant ? demanda Dinesh. De quelle Bête Suprême allez-vous troubler la paisible retraite ?

– On ne sait pas encore, répondit Tarik.

– Mais vous pouvez peut-être nous aider, dit Abéké. Vous nous avez dit que Suka était ensevelie dans un tombeau de glace. Où, exactement ?

Le rire de Dinesh roula en écho à travers le cratère.

– Dans un endroit où il fait froid, dit-il, les yeux pétillants. Je ne peux pas vous en dire davantage. Un endroit où il fait très froid.

– Au moins, ça va nous changer un peu, remarqua Rollan.

Dans leur dos, Uraza se mit soudain à gronder et à siffler. Ils se retournèrent tous.

Lishay était étendue sur une civière, les joues creuses, les cheveux défaits. Ses blessures avaient été pansées, mais elle n'avait pas repris connaissance.

Un tigre au pelage noir se tenait près d'elle, miaulait et lui donnait des petits coups de patte sur le visage, toutes griffes rentrées.

Uraza s'avança, mais Abéké leva la main et la panthère se figea. Rollan les regarda avec émerveillement.

Le tigre noir gémit, puis lécha la joue de Lishay. La Cape-Verte tourna la tête et marmonna quelques mots, puis tendit la main et effleura la fourrure du tigre.

– Zhosur? appela-t-elle en levant légèrement la tête.

Elle ouvrit les yeux et découvrit l'animal totem de son frère assassiné.

– Zhamin?

Le tigre ronronna et pencha la tête. Lishay, étouffant ses sanglots, passa les bras autour de son cou. Il disparut dans un éclair de lumière.

Lishay releva lentement sa manche droite, puis la gauche, découvrant deux tatoos de tigres bondissants, l'un blanc, fantomatique, à moitié effacé, l'autre aussi noir qu'une nuit sans étoiles.

– Jamais vu ça de ma vie, dit Xue.